LA BÊTE NOIRE

Collection dirigée par Glenn Tavennec

L'AUTEURE

Ilaria Tuti, née en 1976, vit à Gemona del Friuli, dans les montagnes de la province d'Udine, au nord-est de l'Italie. Best-seller depuis sa sortie en Italie, sa série policière mettant en scène le commissaire Teresa Battaglia, dont le premier volet s'intitule *Sur le toit de l'enfer*, lui a valu d'être surnommée la « Donato Carrisi au féminin » par la presse italienne.

ILARIA TUTI

À LA LUMIÈRE DE LA NUIT

Traduit de l'italien
par Johan-Frédérik Hel Guedj

LA BÊTE NOIRE
Robert Laffont

Titre original : LUCE DELLA NOTTE

ISSN 2431-6385
ISBN 978-2-221-25675-6
Dépôt légal : octobre 2021
Éditions Robert Laffont – 92, avenue de France 75013 Paris

Pour Sarah

«Nul ne peut atteindre l'aube sans passer par le chemin de la nuit.»

Khalil Gibran

1

TU CHANTES ET TU RACONTES, se dit la fillette pour éloigner l'Obscurité.

Pourtant, la nuit ne s'en alla pas. Elle lui répondit par une lamentation aux lèvres closes qui filait sur l'herbe racornie par le givre et crépitait sur la pierre de la chaussée, le long du portique de la maison, avant d'atteindre l'enfant et de se nouer au creux de son ventre.

La nuit était enfumée de brumes, Chiara les regardait envelopper la route qui remontait la colline, depuis les vignes couvertes de cristaux jusque tout en haut, à la limite du jardin. Les silhouettes animales sculptées dans le bois semblaient allonger le museau et les ailes pour se libérer du brouillard et trouver un souffle de liberté. Quelques flocons de neige tournoyaient dans l'air, passe-temps d'un vent qui jouait à cache-cache et agitait les plumes roses dans le dos de l'enfant.

Chiara sentait l'humidité à travers ses chaussettes, la chaleur de la laine contre sa bouche, l'odeur musquée de la gelée, celle de sa respiration, les sonnailles d'une cloche lointaine. Et ce gémissement qui, elle le comprenait à présent, venait de l'intérieur d'elle-même.

Elle se tourna une dernière fois pour observer la maison : la porte était fermée, comme pour la maintenir à l'extérieur, avec sa peur ; le lierre dévorait la bâtisse jusqu'à la cheminée éteinte et retombait sur les fenêtres qui reflétaient la pâle frimousse de la petite, comme dans un jeu de miroirs.

Quand elle se retourna pour regarder devant elle, des filaments de cheveux s'étirèrent vers l'obscurité, aspirés par une gorge profonde. Le ciel s'était mué en gouffre et pleurait de la glace.

Raconte, se dit-elle encore, le cœur affolé.

— Chante et raconte, l'obscurité s'évanouira. *Un*. Petite fée, tremble tremble…

Elle fut incapable de continuer. Le nombre suivant ne lui vint pas aux lèvres.

Elle franchit le portail. Le feuillage flétri et la neige gelée craquaient sous le poids léger de l'ossature de l'enfant.

Le bosquet d'acacias était éclairé toute l'année par des réverbères. Des filaments de lumière s'en échappaient qui pendaient le long des branches rugueuses comme des colliers scintillant au cou décharné et ridé d'une vieille femme.

Elle les dépassa en les effleurant. Le verre des ampoules tinta, la balançoire émit un grincement. Les fées invisibles de la nuit et de l'hiver jouaient peut-être à se poursuivre.

Chiara fit encore quelques pas, jusqu'au dernier arbre avant la grande noirceur. Elle toucha le tronc de ses doigts, les y laissa comme elle l'aurait fait contre la joue d'un ami, si elle en avait eu un, et resta immobile au milieu de la nature, que le sortilège de l'hiver avait endormie : quelqu'un avait blessé cet arbre en y creusant des rainures qui en avaient écorché le fût.

La plainte s'éleva de nouveau, mais elle provenait cette fois de l'extérieur, des ténèbres devant elle, qui bougeaient en pétrissant avec lenteur les ombres et le brouillard.

— Continue, continue… *Six*. Avance, aie du courage.

Chiara se remit à chanter, sans réussir à donner un ordre aux nombres, mais une plume vint lui effleurer le nez et l'interrompit.

Elle la regarda se coucher sur le sentier, souillée de sang. Ce qui la perturba, toutefois, ce fut que la terre avait été remuée, au point de révéler les racines de l'arbre. Il lui fallait les abriter du froid.

Elle se baissa pour rassembler un peu de terreau autour des artères gorgées de lymphe puis, sans que ce soit l'effet de sa volonté, y plongea les ongles et se mit à creuser.

Et plus elle creusait, plus ses doigts se maculaient de rouge.

— J'ouvre un cœur.

Elle ne comprit pas le sens de ces mots, ni pourquoi elle les prononçait, mais elle sentit ce battement l'appeler à travers la terre.

Il était là-dessous. Il était vraiment là. Un cœur enfant.

2

TERESA S'EMMITOUFLA DANS SA PARKA. Le froid glacial lui tourmentait les os. La neige était épaisse, elle lui entrait dans la tête, semant la confusion.

La maison se dressait sur une colline, un peu au-dessus des vignes, adossée à un maquis, mais au-delà de ce promontoire la terre se transformait en vignoble. Les exploitations viticoles alternaient avec des hameaux de campagne. La nature comblait tout l'espace restant.

La vie humaine et toutes ses œuvres formaient des lumières lointaines dans l'après-midi hivernal et trouble, telles des bouées éparses dans la blancheur qui s'étendait sur toute chose comme une mer poudreuse, mais indolente.

Il semblait que le ciel s'était effondré sur la terre. Cela lui inspira une citation.

— « Aucun organisme vivant ne peut connaître longtemps une existence saine dans des conditions de réalité absolue. Les alouettes et les sauterelles elles-mêmes, au dire de certains, ne feraient que rêver. »

— Qu'est-ce que ça signifie ?

Marini avait attendu patiemment à côté d'elle sans dire un mot, partageant presque sa perplexité.

Teresa se ressaisit.

— C'est un passage tiré de *La Maison hantée*, le livre de Shirley Jackson.

— Hmm. Intéressant que cela vous vienne en tête en cet instant. Et la suite, c'est comment ?

— Plus ou moins comme ceci : la maison sur la colline, où ne régnait pas la santé mais la folie, se dressait en hauteur, isolée, remplie de ténèbres ; elle était là depuis quatre-vingts ans, et promettait d'y rester quatre-vingts de plus… et tout ce qui pouvait errer à l'intérieur errait dans la solitude.

C'était incroyable comme les souvenirs récents s'effritaient facilement et d'autres plus anciens se calcifiaient en elle comme un nouveau squelette.

— J'ai aimé ce roman.

— Je n'ai aucun mal à le croire.

La maison devant eux les attendait. Les fenêtres étaient éclairées d'une lueur diffuse, la cheminée fumante, le jardin décoré d'illuminations qui repoussaient les ombres à la lisière plus lointaine du bois, où des animaux sculptés semblaient être les derniers gardiens avant l'obscurité. Un ours, un écureuil, un aigle sur le point de prendre son envol. C'était une mise en scène de conte de fées. Et pourtant.

Le coude de Marini effleura le sien. Ils avaient l'un et l'autre les mains dans les poches, en quête d'un peu de tiédeur.

— Vous êtes sûre de vouloir y aller ? C'était juste un rêve, commissaire. Il n'y a rien de vrai. Ils vous l'ont dit.

La mère de Chiara lui avait expliqué d'emblée que c'était un rêve, oui, mais cette femme lui avait paru bouleversée. « Il y a quelque chose de vrai », avait-elle murmuré au téléphone.

Il semblait que Chiara ait assisté à un fait réel, et qui continuait à la tourmenter. Ils ne pouvaient ignorer son trouble.

Le tremblement perceptible dans la voix de la mère avait glacé Teresa. Cette femme connaissait sa fille mieux que personne. Qu'est-ce qui pouvait tant l'épouvanter, si ce n'est un doute atroce ?

Teresa scruta l'inspecteur du regard. Il s'était écoulé si peu de jours depuis les faits survenus à Travenì, leur première affaire ensemble.

— Si cela te paraît inutile, pourquoi es-tu ici, aujourd'hui, alors que c'est le début de la période des fêtes ?

Pour la petite, pour ses parents, par sens du devoir… pour recueillir mon approbation ?

Il haussa les épaules.

— Je n'avais rien d'autre à faire.

— Certainement, alors que nous ne sommes plus qu'à quelques jours de Noël.

Il enfouit son visage rasé de près dans le col boutonné de son manteau de couleur sombre et ne répondit pas. Il était impeccable, tel qu'elle s'était habituée à le voir, chaque jour qui passait.

— Et vous, vous êtes ici pour quoi ? lui demanda-t-il.

Teresa ne s'attendait pas à cette question. Elle dut réfléchir, avant de répondre. Qu'est-ce qui l'avait poussée à suivre jusqu'ici les pas d'un rêve d'enfant ?

— Je suis ici parce que s'il y a une chose qui ne trompe guère, murmura-t-elle, c'est la peur.

Et elle l'avait perçue chez cette mère. Toutefois, c'était seulement une sensation, et cela le demeurait.

Marini la fixait du regard, les yeux plissés, et le brouillard l'entourait d'ombre. Il avait quelque chose de luciférien dans cette clarté douloureuse. Un diable mélancolique, prêt à l'éperonner à chaque pas : sa conscience. Elle se demandait si l'inspecteur ne lui faisait pas une confiance presque absolue et folle, au point de finir par sacrifier ses rares journées de liberté, peut-être même les seules qu'il aurait pu passer avec sa famille avant ces prochains mois, rien que pour l'accompagner dans cette recherche.

Teresa elle-même s'en remit à la raison, en respirant si profondément qu'elle offrit sa gorge aux coups de poignard de l'hiver.

L'inspecteur parut comprendre le dilemme dans lequel elle se débattait, il annula ses doutes par un sourire, avec cette ironie qui lui retroussait la commissure des lèvres d'un côté seulement.

— Alors il ne nous reste plus qu'à voir si vous avez raison. Après vous.

Ils s'avancèrent sur le chemin qui conduisait à la maison. La terre semblait fumer.

Un enfer éteint.

3

Vue de près, cette maison semblait accueillante. C'était un petit chalet à deux étages, avec des vases d'orchidées fleuries aux fenêtres et une soupente en mélèze.

À peu de distance de là, quelqu'un assénait de puissants coups de hache dont l'écho se répercutait à travers la colline. Teresa entrevit un jeune homme près du bûcher, les cheveux humides collés au front, en vêtements de travail.

— Bonjour !

Au salut de Teresa, l'homme répondit d'un signe, la hache fermement en main, et il se remit à la besogne.

— Excusez-moi, mon compagnon est très réservé. Je m'appelle Giulia.

La maîtresse de maison avait une voix aussi gracieuse que le sourire avec lequel elle les accueillit sur le seuil. L'absence de maquillage, les cheveux châtains noués en une longue queue de cheval, le sweat-shirt long jusqu'aux genoux la faisaient ressembler davantage à une ado qu'à une adulte.

Teresa lui tendit la main et serra la sienne.

— C'est une jolie qualité.

En réalité, elle se demandait si la réserve de cet homme n'était pas plutôt la marque d'un désaccord. Il ne partageait sans doute pas la décision de sa compagne et Teresa ne pouvait l'en blâmer.

Il ne s'était agi que d'un rêve, Marini aussi l'avait mise en garde.

Après les présentations, Giulia les précéda à l'intérieur. L'air un peu agitée, se sentant certainement gênée. Sur le moment, la chaleur picota les joues de Teresa, ankylosées par le froid. L'entrée était habillée de panneaux de bois peints en blanc ; des cœurs découpés se balançaient, suspendus au plafond par des fils d'argent et de petits clous quasi invisibles. Marini fut contraint de se baisser après en avoir heurté deux.

Giulia se fit confier parka et manteau, les pendit, puis elle les guida dans un long couloir décoré d'un arc-en-ciel aux couleurs voyantes et criardes qui recouvrait les murs et le plafond. Cette fois, c'étaient des branches noueuses de noyer qui pendaient au-dessus de leurs têtes, des pommes de pin et de minuscules sculptures d'animaux sauvages. Des daims tachetés et des faons bondissaient pour franchir des crevasses et des ruisseaux imaginaires. Il y avait aussi quelques dessins, collés avec des étoiles adhésives. Teresa s'attarda pour les admirer.

— Tout va bien ?

Marini l'observait.

— Mmh mmh, oui.

— Je vous en prie, venez.

Ils acceptèrent l'invitation de la maîtresse de maison et la suivirent au salon. Des bûches parfumées de résine avaient été jetées depuis peu sur les braises ardentes de la petite cheminée, un chien bâtard à l'air âgé réchauffait ses vieux os sur le tapis ; à l'entrée des nouveaux arrivants dans la pièce, il leva à peine une oreille.

— Votre compagnon ne nous rejoint pas ? demanda Marini.

La femme répondit sans se retourner. Elle époussetait des deux mains le canapé destiné à ses visiteurs.

— Le chien monte dessus lorsqu'il sait que personne ne le voit faire, excusez-moi. (Elle glissa derrière son oreille une mèche de cheveux qui s'était échappée de l'élastique.) Alessandro a beaucoup de travail à terminer avant qu'il fasse noir. Si ce n'est pas nécessaire…

Teresa appuya sa sacoche contre une table massive au plateau piqué couvert de pastels et d'amoncellements de feuilles.

— Ne vous inquiétez pas, dit-elle. Quelles belles couleurs, quels beaux dessins !

— Chiara aime s'entourer de couleurs. Désirez-vous quelque chose de chaud ? Un thé, un café ? Je viens d'en faire.

— Un thé, merci, répondirent-ils à l'unisson.

Marini la suivit du regard et elle disparut dans ce qui devait être la cuisine, puis il se tourna pour s'adresser à Teresa.

— Curieux endroit.

Elle s'installa.

— J'aurais parié que tu aurais une remarque à ce sujet, inspecteur.

— Je ne devrais pas ?

— Si, si, penses-tu.

— Il n'y a rien de mal à être prudents.

Elle sortit son journal intime et l'ouvrit pour prendre ses premières notes.

Marini s'était finalement assis. Il avait croisé les jambes et balançait son pied de manière agaçante.

— Vous écrivez souvent dans ce carnet. Dicter dans le portable, c'est plus commode.

Elle s'efforça d'ignorer le tic nerveux de son collègue. Elle se rendit aussi compte du sien, puisqu'elle mordillait son stylo.

— Je fais ça, de temps en temps, oui, murmura-t-elle.

— Pourquoi préférez-vous écrire ?

— Parce qu'on se souvient mieux des choses qu'on écrit.

— Vous avez des problèmes de mémoire ?

Le tic-tac d'une horloge se fit entendre, venu de quelque part. À cette minute, Teresa l'entendait très bien, il provoquait un écho jusqu'à l'intérieur d'elle-même.

— Commissaire ?

Teresa referma son journal et se redressa contre le dossier du canapé, les yeux fermés. Marini observait chacun de ses gestes. Sa crainte que le voile soit levé sur les difficultés dans lesquelles s'empêtrait son esprit lui donnait le sentiment d'être traquée à chaque regard trop attentif. En serait-il ainsi pour le restant de ses jours, jusqu'à la maison de repos ? Ou jusqu'à sa retraite. Deux échéances relativement proches.

— J'ai dit quelque chose qui ne va pas ?

— Rien, Marini.

— Vous avez changé de tête.

Teresa rouvrit un œil.

— C'est que tout ce que tu dis s'avère extrêmement chargé de sens, inspecteur. Comment fais-tu ?

— Je m'efforce d'avoir une attitude réfléchie.

— Ah. Ça se voit.

— Quoi ?

— Que tu t'efforces.

Un miaulement prolongé s'acheva dans un sifflement rageur. Marini tressaillit et se leva d'un bond.

— Nom de Dieu, c'était quoi, ça ?

— Je n'en ai aucune idée. (Elle tapota le divan du plat de la main.) Assieds-toi.

— Il y a un truc qui ne va pas. Nous sommes ici depuis combien de temps ? Et nous n'avons pas encore vu la fillette. Si ça se trouve, elle n'existe pas. Je n'en serais pas si surpris.

Teresa consulta sa montre.

— Nous sommes ici depuis dix minutes à peine.

— J'ai la sensation que nous perdons juste notre temps.

— Je te rappelle que c'est toi qui disais n'avoir rien à faire.

— C'est peut-être son compagnon qui a réalisé toutes ces décorations… Vous ne voyez pas ? Moi, si. Ce type est étrange.

Teresa soupira.

— La fillette, nous ne la rencontrerons jamais, si nous ne nous soumettons pas à cet examen, dit-elle en baissant la voix. Et toi, ton attitude n'aide pas.

— Qu'est-ce que je devrais faire ?

Elle le fixa du regard.

— Te démariniser. Tu crois que ce serait possible ?

Giulia revint avec le thé, et elle était seule.

— Pardonnez-moi pour l'attente. Le chat a mangé un appât empoisonné il y a de ça quelques jours et il ne s'est pas encore remis. Nous le soignons.

— Pauvre petite bête. Il va s'en sortir ?

— Le vétérinaire dit que oui. Cette fois encore.

Teresa fronça les sourcils.

— Cela se produit souvent ? Ces cas d'empoisonnement d'animaux domestiques, j'entends.

La femme distribua les tasses. La porcelaine tinta, secouée par le tremblement de ses mains.

— Pas chez les autres.

— Et chez vous, en revanche, oui ?

Giulia se tordit les mains et se les sécha sur son sweat-shirt.

— Deux fois seulement, mais je me dis que « seulement » n'est pas le mot juste. Même une fois serait déjà de trop.

— Quand est-ce arrivé pour la dernière fois ? s'enquit Marini.

Elle réfléchit à voix haute.

— Je crois que c'était en janvier dernier, il s'est écoulé presque un an.

Elle parut sur le point de continuer, mais elle pinça les lèvres et détourna le regard.

— Et j'imagine que vous connaissez fort bien la raison de cet acharnement, pas vrai ?

Teresa accompagna ses paroles d'un sourire qui se voulait rassurant.

La femme s'assit. Elle lui répondit en s'exprimant avec raideur, l'air sur ses gardes, comme si elle était devant un jury.

— Deux jours avant que cela n'arrive, la première fois, Alessandro a découvert des pièges dans le bois derrière la maison. Des pièges à mâchoire. Il y a beaucoup de sangliers sur ces collines. Il les a retirés et il a porté plainte. Nous avons dans l'idée que l'information est remontée jusqu'aux responsables, mais nous n'avons aucune preuve.

— Des braconniers ?

— Oui. Nous ne les avons jamais attrapés.

Teresa n'ajouta rien de plus. Elle s'avança sur le rebord du canapé, comme pour aller à la rencontre de son interlocutrice.

— Je crois que le moment est venu de nous parler de Chiara et du rêve qui vous a tant épouvantés.

Giulia prit une profonde inspiration.

— Je vous ai vue à la télé, dit-elle en désignant Teresa. Ces histoires terribles qui sont arrivées à Travenì, les enfants… Vous les avez sauvés.

La commissaire resta silencieuse, ce n'était pas le moment de la contredire et de risquer de ne récolter que de la méfiance en échange, mais elle aurait voulu lui expliquer qu'un autre qu'elle, avant elle, s'en était chargé, à sa manière. Et que cet autre, elle ne l'oublierait jamais.

— Voilà, continua la femme, j'ai pensé que vous pourriez faire la même chose pour Chiara.

Teresa posa sa tasse. Elle n'en avait même pas bu une gorgée.

— La même chose ? dit-elle.

— La croire.

Teresa aurait bien voulu, de tout son être, mais les raisons de son entrevue avec cette famille se résumaient à une hypothèse tout aussi fugace qu'une vision née dans un état de demi-sommeil. Un bois, les animaux qu'elle venait de voir dans ce jardin, un mystère qui lançait des appels depuis l'obscurité : le monde imaginaire d'une enfant.

— Je suis ici pour cela, dit-elle simplement. Mais je vous l'ai expliqué au téléphone, et je souhaite vous le répéter afin que ce soit clair : s'il devait se présenter un quelconque élément susceptible de me permettre de comprendre qu'il y a vraiment eu crime, alors je serais obligée d'engager une procédure qui risque de ne pas vous plaire, et qui ne plaira pas non plus à votre fille. Pour le moment, je ne suis pas ici à titre officiel.

— Oui, vous me l'avez déjà dit, mais je voulais que ce soit vous qui l'entendiez la première, et pas une assistante sociale ou je ne sais qui. Chiara est une enfant particulière. Je sais ce que vous pensez, que c'est le cas de tous les enfants. Chiara est différente, beaucoup de gens pourraient vous le confirmer. (Elle se passa une main dans les cheveux, serra le poing.) Vous l'avez déjà compris, n'est-ce pas, commissaire ? En découvrant les dessins ? J'ai vu comme vous les regardiez.

Teresa y avait perçu une absence.

— Il n'y a jamais de soleil.

Il y avait la nuit, le brouillard, un orage particulièrement sombre, la lune et les étoiles, la neige ou des bourrasques de feuilles et de fleurs, mais le soleil, jamais.

La mère de la fillette se mordit la lèvre.

— Chiara est atteinte d'une maladie génétique rare. Son corps déclenche des réactions violentes dès qu'il est exposé à la lumière du soleil : érythèmes, conjonctivites, prurit, elle finit par être couverte de plaies. Chiara est condamnée à l'obscurité.

— Depuis quand ?

— Elle avait à peu près deux ans. Elle en aura neuf le jour de Noël.

Sept ans, songea Teresa. Sept années d'isolement, et qui sait combien d'autres épreuves aussi rudes.

— Ce n'est pas une enfant comme les autres, continua Giulia, les larmes aux yeux.

À présent, oui, elle avait elle-même l'air d'une très jeune fille.

— Elle a grandi vite, reprit-elle, elle a dû apprendre et accepter certaines situations qu'à son âge personne ne devrait avoir à… vivre.

— Vous alliez dire « subir ».

— Nous ne faisons pas partie des gens qui pleurent sur leur sort.

— Je l'ai bien compris.

— Jamais Chiara n'inventerait une histoire de ce genre.

— J'en suis convaincue. Je suis sûre que pour Chiara tout cela est tout à fait réel.

— Sa peur, le besoin… d'aider cette créature, c'est réel.

— Parlez-nous de ce rêve, dit Marini.

Giulia se sécha les joues avec les manches du sweat-shirt. Seuls ses doigts pointaient de sa manche. Les ongles étaient rongés, les chairs à vif.

— Chiara a décrit le bosquet d'acacias derrière la maison. Chaque détail était si précis… Il faisait noir. (Elle ferma les yeux, laissant encore échapper de grosses larmes.) L'obscurité habituelle. Elle dit qu'elle a suivi une lamentation dans le brouillard. Qu'elle est arrivée devant un arbre et qu'elle a trouvé…

Ils attendirent qu'elle continue, mais elle semblait incapable d'aller plus loin.

D'instinct, Teresa redoutait la réponse, mais elle lui posa quand même la question.

— Quoi ?

Giulia la regarda.

— La tombe d'un enfant.

4

LES LAMPES CLIGNOTÈRENT quelques secondes avant de se couper et de rester éteintes.

— Cela arrive souvent ces jours-ci. Ils travaillent sur le réseau électrique.

Giulia s'était reprise, elle avait surmonté les pleurs qui l'avaient laissée sans forces. Teresa l'avait fait asseoir à côté d'elle en lui proposant une gorgée du thé qu'elle n'avait pas encore goûté.

Le feu dans la cheminée faisait danser des lueurs rougeâtres sur les objets et les personnes, des reflets de braises qui tour à tour se frottaient ou cédaient du terrain à la clarté bleutée qui pénétrait par les fenêtres.

— Ça va mieux ? demanda Teresa.

— Oui, merci.

Giulia faisait tourner la tasse entre ses mains. Elle souffla sur le liquide fumant et les mots franchirent ses lèvres dans un murmure.

— Il y avait une question qui m'empêchait de dormir la nuit. Je me demandais combien de temps on pouvait survivre sans lumière, et avec quels effets sur les os, sur la vue, sur le système immunitaire...

— Des effets lourds ?

— Rien que des médicaments, des compléments alimentaires et une nourriture correcte ne puissent compenser, pour l'instant. Mais de toute manière ce n'était pas la bonne question. J'aurais dû m'en poser une autre.

— C'est-à-dire ?

— Peut-on survivre à la solitude ? C'est ça que j'aurais dû me demander, et c'est à ça que je pense tous les jours.

La tasse lui glissa des mains. La flaque de liquide s'élargit sur le tapis, une tache sombre qui fit forte impression sur Teresa. Cette tache en racontait davantage que les mots et les larmes. Giulia se leva sans ramasser la tasse et s'approcha de la fenêtre, le regard perdu dans la blancheur opalescente.

— Chiara ne peut fréquenter personne à part sa famille ? s'enquit Marini.

La femme rit tristement. Elle ouvrit la fenêtre, respira le brouillard. Elle se mua elle-même en brume, tout aussi insaisissable dans son tourment.

— Elle pourrait fréquenter n'importe qui, mais personne ne veut la fréquenter.

— Que s'est-il passé ?

Giulia ferma les volets, avec lenteur.

— La première fois, ce fut un après-midi, à la fête d'anniversaire d'une gamine de son âge, la fille d'une de mes collègues.

Tersa ouvrit son journal et se mit à prendre des notes, mais dans cette pénombre elle avait du mal à distinguer les lettres avec netteté.

— Quel est votre métier ?

— J'enseigne à l'école élémentaire du village. C'est moi qui m'occupe de l'instruction de Chiara.

— Que s'est-il passé, cet après-midi-là ?

— Quelques invités se sont mis à rire dès qu'ils l'ont vue, et ils l'ont traitée de « momie ». En toute naïveté, nous avions essayé de lui couvrir chaque centimètre de sa peau, pour la protéger.

— Les enfants peuvent être terribles entre eux, fit Marini.

— Les enfants ? Ce sont les parents qui ont tenu ces propos.

La jeune femme se passa de nouveau la main dans ses mèches ébouriffées pour y remettre de l'ordre. Depuis l'arrivée de Teresa et Massimo, elle ne laissait pas ses cheveux tranquilles, mais c'étaient peut-être les émotions qu'elle tentait de maîtriser, de contenir en les nouant.

— Ensuite, ce surnom s'est transformé en jeu que les enfants se transmettaient de bouche à oreille, c'était sans fin. Pour Chiara, c'est devenu une torture. Elle n'avait que six ans. Quelques jours après, les coups de téléphone ont commencé : beaucoup de parents voulaient savoir si la maladie de ma fille était contagieuse et ce que nous avions l'intention de faire pour garantir la sécurité de leurs enfants.

Elle passa à l'autre fenêtre. Avec un reste de brouillard dans la gorge, avec un reste d'ombre qui retombait sur la pièce.

— La deuxième fois, c'était ma faute et celle d'Alessandro. Nous avons refait une tentative chez nous, un soir d'été. Nous avons organisé une fête. Vous n'avez jamais remarqué comme les enfants réussissent à oublier le mal qu'on leur a infligé ? Toutes les injustices, y compris les plus terribles. Elle était déjà prête à recommencer, mais elle était si différente des autres. Toute pâle, avec ses grosses lunettes noires pour la protéger du coucher de soleil. Elle avait insisté pour accueillir ses petits amis avant que la nuit soit tout à fait tombée. Ma petite fille voulait leur dire : « N'ayez pas peur. »

Teresa se sentait incapable de prononcer un mot. Giulia ferma le dernier volet et l'obscurité tomba sur ses yeux gonflés, un gonflement qui modifiait son profil. Les tisons de la cheminée s'étaient maintenant transformés en un feu languissant.

— La vérité, c'est que Chiara appartient à la nuit. Quand je songe au prénom que nous lui avons donné, je le trouve bizarre. (Elle murmurait dans l'obscurité. Peut-être murmurait-elle à l'obscurité.) Les enfants ont commencé à jouer, tout allait si bien… Mais… il faut toujours qu'il y ait un maudit « mais »… Chiara s'est mise à saigner du nez. À cet âge, cela lui arrivait souvent. Elle, si blanche, avec ce sang qui coulait…

Elle alluma un briquet et l'approcha d'une bougie. Ses mains tremblaient tellement. Les ombres battirent en retraite et elle regarda Teresa droit dans les yeux.

— Quelqu'un a poussé un hurlement, ce qui a aussi effrayé les autres. Ce jour-là, ils l'ont appelée « le Vampire ». C'était juste un saignement de nez, rien que du sang, mais Chiara s'est encore une fois retrouvée seule. Nous n'avons plus refait d'autre tentative.

Elle attendit, et Teresa comprit que la suite dépendrait de sa propre réaction. L'histoire de Chiara et de son rêve se terminerait peut-être ainsi, dans la mélancolie de cette phrase. Ou peut-être pas.

Elle se leva.

— Giulia, je crois avoir compris quelles épreuves votre fille a dû affronter, et cela m'attriste. Je comprends aussi pourquoi vous nous en avez fait part. Toutefois, laissons à Chiara la décision de nous accorder ou non sa confiance, qu'en dites-vous ? (Elle leva en les écartant les deux mains, paumes vers elle, comme pour lui montrer qu'elle était désarmée.) Je demande seulement de pouvoir écouter ce qu'elle voudra bien me dire, sans préjugés.

— Je vous conduis jusqu'à elle.

5

TERESA COMMENÇAIT PEU À PEU à ressentir l'effet de cette maison. Les couleurs, si vives même dans cette lumière ténue, devenaient une source d'apaisement qui s'écoulait sur les âmes. Comme un baume, elles recouvraient les blessures qui entamaient ce tissu familial, déchiré et pourtant vibrant de vie. Elle pouvait percevoir la matière de ce qui les avait comblées : une humanité aussi douloureuse que digne, un amour authentique parce que désespéré. Elle avait elle-même vécu tout cela, longtemps auparavant, pour un fils jamais né.

Elle monta les marches en suivant Giulia, avec Marini derrière elle.

Rattrape-moi, si je tombe, se prit-elle à penser avec une sensation de vertige. Et en effet elle tombait pour de bon, dans la vie, une fois de plus. Un envol de l'esprit vers le bas.

La petite voix enfantine leur parvint du palier, un chant composé de paroles fugaces.

Giulia les pria d'attendre et entra en refermant la porte derrière elle. Elle resta quelques minutes, il y eut un moment chuchoté entre la mère et la créature qui émanait d'elle, pendant lequel Teresa et Marini n'échangèrent aucun regard, pas même une parole, puis Giulia rouvrit la porte et leur fit signe d'entrer.

Ce fut alors que Teresa sentit la main de Marini dans son dos et il lui sembla saisir le mot « courage », prononcé dans un murmure.

Peut-être ce garçon avait-il intuitivement compris combien il était difficile d'être confronté à un enfant, dans leur métier. Victime ou témoin, peu importait : à ces petits, on soutirait toujours quelque chose, même si c'était bien intentionné.

Giulia s'était assise sur le lit, avec derrière elle une petite silhouette aux contours illuminés. Des coudes et des genoux saillants, à en juger d'après ce qui pointait, et de longs cheveux blonds. Une veilleuse alimentée par des piles projetait des constellations au plafond et sur les murs recouverts de posters. Teresa se demanda si cela représentait la carte émotionnelle que la jeune fille avait tracée d'elle-même : un ciel nocturne partout, mais une telle multitude d'étoiles, une telle multitude de planètes… Quelle force miraculeuse, à seule fin de pouvoir continuer à tourner en restant centrée sur son axe, malgré l'infinité des forces contraires.

— C'est une petite chambre vraiment intéressante, n'est-ce pas, Marini ? Une chambre de connaisseuse.

Il la regarda, l'air ahuri.

— Oui, je dirais que oui, répondit-il. J'apprécie beaucoup cette illumination.

— L'illumination ? Ah oui. J'ai entendu le genre de trucs que tu écoutes en voiture. Ce que nous avons ici autour de nous t'échappe complètement, à toi.

Il étudia l'un des posters de près. Comme les autres, il représentait une jeune femme aux yeux sombres et luisants, et des cheveux vaporeux à moitié masqués par un manteau à capuche.

— Je ne dirais pas ça… c'est Steffi…

— Stevie.

Ce n'était qu'un chuchotement. Teresa se retourna.

— Qui a parlé ?

Une petite main jaillit derrière le dos de la mère.

— Ah mais alors tu es là ! Montre-toi un peu, fan de Stevie Nicks.

Giulia s'écarta et sa fille se montra enfin à eux.

Quelle grande beauté sur ce petit visage diaphane. Et tant de peur, tant de courage pour s'exposer ainsi au jugement d'inconnus après ses expériences passées. Longue et aussi fine qu'une ficelle dans son legging à rayures et son T-shirt agrémenté d'un dessin de chaton vampire, la fillette se tenait devant eux avec la grâce d'une princesse du Nord, cet endroit du monde où les rayons du soleil étaient toujours obliques et pénétraient les transparences des glaces. Les pieds nus révélaient des ongles vernis en bleu, comme le plafond de la chambre.

Teresa sourit.

— *Ciao*, Chiara. Je m'appelle Teresa et lui, c'est Massimo.

— Allez, dis bonjour.

Réagissant à l'encouragement de sa mère, Chiara baissa les yeux et trouva de nouveau refuge derrière son dos. Teresa se souvenait encore de la sienne, une sensation de protection qu'elle n'avait plus retrouvée auprès d'aucun autre corps. Elle fit semblant de rien et s'assit sur un pouf en fourrure fuchsia. Sur le tapis, à côté d'un coussin en forme de nuage, elle repéra une édition du *Petit Prince*. Elle s'imagina Chiara le lisant allongée.

Elle étira paresseusement les jambes.

— Tu sais que j'ai entendu Stevie chanter en vrai ? À la Wembley Arena de Londres.

La tête de la fillette ressurgit.

— Eh, je sais à quoi tu penses, que je suis vieille et que tu ne m'imagines pas faire la folle dans un concert de rock, mais c'est arrivé il y a longtemps. J'étais très différente. Si différente que j'ai du mal à me reconnaître.

Chiara ne dit rien, elle ne posa pas les questions que Teresa avait espérées.

— Il y a pourtant une chose que je réussis encore à faire. Ne jamais juger d'après les apparences, car elles peuvent être très trompeuses, et il y a quelqu'un ici qui en sait quelque chose, pas vrai, Chiara ? (Elle lui fit un clin d'œil, et la fillette se replia.) Je peux ?

— Mais bien sûr.

Giulia lui passa la guitare que Teresa venait de lui désigner.

Elle mit un petit moment à se remémorer les accords de *The Chain*, et à se dégourdir les doigts, mais quand ils trouvèrent leur position sur les cordes, ce fut comme de descendre au pas de course un sentier jamais oublié. C'était libérateur et sauvage, et peut-être juste un peu ridicule, à en juger d'après le regard de Marini.

Teresa chantait en sachant très bien qu'elle chantait faux. Elle l'avait toujours su, depuis toute petite, depuis que sa mère s'était entêtée à l'inscrire dans une école de chant où personne ne voulait d'elle. Elle n'avait jamais dépassé le cap des auditions.

Mais la félicité peut se trouver dans un acte isolé, insensé et nullement gratifiant, pour peu qu'on le regarde avec les yeux des autres. Chiara souriait, et seul cela comptait. Quand la fillette se plaqua les mains sur les oreilles, Teresa se tut.

— Tu es convaincue de pouvoir faire mieux ? lui demanda-t-elle. Fais-moi voir.

L'espace d'un instant, Chiara parut sur le point d'accepter et de révéler un peu plus d'elle-même, mais en fin de compte elle renonça à relever le défi. Elle se rembrunit et rompit le contact visuel. Elle était repartie habiter la planète lointaine qu'était sa vie solitaire.

Teresa posa la guitare sur ses genoux.

— Ta maman nous a raconté le rêve que tu as fait. Si tu penses que nous pourrions t'aider, nous sommes ici pour ça. Ça te va d'en parler ?

Chiara n'avait pas encore relevé les yeux.

— Il te fait peur, Massimo ? lui demanda Teresa.

La fillette fit signe que non.

— Je voudrais bien voir ça, ironisa ce dernier.

— Ou moi peut-être ? ajouta encore Battaglia.

Chiara laissa échapper un sourire qui révéla les gracieuses fossettes de ses joues et de nouveau elle fit non, avant de redevenir obstinément sérieuse.

— Quelque chose ou quelqu'un que tu as vu dans ton rêve t'a fait peur ?

Cette fois, la petite resta immobile.

Teresa se déplaça vers elle. Elle pouvait sentir la mère retenir son souffle, le regard de Marini peser avec insistance sur son profil.

— Chiara, tu crois que dans ce rêve il y avait quelque chose de vrai ? Quelque chose que tu aurais pu voir ou sentir dans d'autres circonstances ?

Teresa observa avec patience la fillette battre des cils, à plusieurs reprises. La petite se mordit les lèvres et, à la fin, fit encore signe que non.

— Non ?

De nouveau non.

— Alors pourquoi m'as-tu dit que c'était vrai ? lui demanda sa mère, en l'enveloppant de ses bras.

La fillette tourna la tête de l'autre côté, elle était sur le point de pleurer.

— Cela peut arriver, s'empressa de commenter Teresa, sur un ton léger – elle aurait tant voulu que ce soit vrai, en effet. Moi aussi, je fais des rêves si réels que lorsque je me réveille je dois réfléchir un peu pour comprendre que ces choses ne sont pas réellement arrivées.

Chiara la regarda enfin. Un regard difficile à soutenir, fixe, inquisiteur, qui la clouait dans le rôle qui était le sien, dans la responsabilité qu'elle avait endossée en franchissant le seuil de cette maison. C'étaient des yeux ouverts sur le monde d'une manière que Teresa n'aurait pas su définir – étaient-ils adultes, ou désenchantés, lucides ou peut-être prêts à juger ? Ils semblaient connaître quantité de choses de la vie et être en même temps capables de les observer avec détachement, d'un point de vue extérieur. C'étaient deux cercles très fins couleur saphir qui renfermaient des pupilles dilatées et une mélancolie impalpable. En se tenant si près de Chiara, Teresa pouvait admirer la trame serrée, parfaite, de sa peau d'enfant. Pas une brèche dans cette armature presque transparente qui n'entrait en action qu'aux heures des grands mystères.

Elle en demeura troublée.

Elle se leva et osa une brève caresse sur la tête de l'enfant.

— Cela vaut mieux ainsi, alors. Les rêves ne peuvent faire aucun mal. Tu peux décider quand tu cesseras d'en avoir peur.

Elle posa la guitare sur le lit.

Chiara ne voulait pas parler avec elle. Teresa savait qu'il lui fallait l'accepter, mais quelque chose la retenait, l'empêchait de revenir déjà sur les pas qui l'avaient amenée jusqu'ici. Elle s'accroupit devant la fillette.

— Maintenant je m'en vais, mais je veux te dire : il n'y a rien que je risquerais de trouver ridicule, et rien qui pourrait te causer des ennuis. Et si un jour tu as envie qu'on joue un peu de musique ensemble, appelle-moi. Je repasserai volontiers.

Du tipi de cheveux sous lequel Chiara s'était de nouveau caché le visage, le menton remua un peu, esquissant un oui qui constituait simplement le moyen le plus rapide de se libérer d'elle.

Teresa recueillit ce silence.

— Cela m'a fait plaisir de te rencontrer. *Ciao*, Chiara.

Elle referma la porte de la chambre en étreignant le néant. Sur le palier, le chien les observait avec une oreille levée et suivit le commissaire comme pour la raccompagner à l'entrée. À chaque pas, elle espérait entendre la petite voix l'appeler à revenir, un espoir qui lui serait refusé, elle le savait.

Arrivée au milieu de l'escalier, elle hésita, le pied en suspens au-dessus d'une marche. Elle se retourna, mais la porte resta close.

— Je suis désolée, lui dit Giulia. Excusez-moi…

Teresa ne la laissa pas terminer.

— Vous n'avez à vous excuser de rien. Dans le doute, vous avez de toute façon bien fait de nous appeler.

Quand ils furent en bas, les lumières se rallumèrent. On aurait presque cru que la maison ou peut-être sa maîtresse étaient heureuses de les expulser, comme des éléments étrangers. Teresa se sentit comme une présence gênante qui venait d'envahir un antre intime, creusé par la souffrance.

Elle quitta la maison sur la colline en espérant y être entrée sur la pointe des pieds.

— Le père est parti, remarqua Marini, en tirant sur le col de son manteau.

Une ampoule nue se balançait dans le bûcher désert. Les grosses bûches avaient été remises en ordre, la hache plantée dans l'une d'elles.

— Il n'est pas impossible qu'il nous espionne derrière l'une de ces fenêtres éteintes. Au moins, il a lâché sa hachette.

Teresa lui flanqua un coup de coude.

— Arrête. Les idées préconçues sur des personnes avec lesquelles tu n'as même pas échangé un mot n'apportent jamais rien de bon et, en plus, c'est malpoli, on ne te l'a jamais expliqué ?

— Quand elles vous viennent, à vous, ces idées, vous les appelez des « intuitions ».

— Je n'ai jamais cru aux intuitions.

— Vous allez rédiger un rapport ?

— Il n'y a rien à écrire. Aucune information relative à un délit. Et ce sera la période des fêtes, nous serons en vacances.

Il se frotta les mains.

— Exact. On va boire un coup ?

Teresa s'enroula dans son écharpe.

— Pourquoi pas ? J'ai vu un joli petit café dans le village.

— Je pensais à quelque chose de plus fort, vu l'heure. Commissaire…

L'expression de Marini l'incita à se tourner vers la maison.

Chiara avait ouvert la fenêtre de sa chambrette et les regardait entre les fils de ses étoiles lumineuses. Le soleil s'était couché derrière la brume, une dernière clarté rosâtre réussissait à lécher encore la plus haute des cheminées. La fumée était imprégnée d'une odeur de cendre chaude, de rites familiers autour de la lumière qui dompte les ténèbres.

La fillette laissa tomber une feuille qui effleura le toit et voleta en spirale vers la terre, accompagnée de quelques feuilles mortes.

Marini courut la ramasser et l'apporta à Teresa.

Elle observa la feuille un instant sans comprendre. Quand elle releva les yeux, l'enfant avait déjà disparu.

Marini vint se placer derrière elle pour examiner le dessin.

— Alors, fini l'apéritif, hein ? Non. Inutile que vous répondiez.

6

— Au moins, ce n'est pas la forêt de Travenì.

— S'il vous plaît, ne prononcez pas ce nom, Travenì. Pas maintenant.

Teresa ne pouvait donner tort à Marini. À son arrivée dans la brigade, il avait essuyé un baptême du feu.

— Travenì… Cet endroit a laissé en toi la peur du noir, inspecteur ?

Elle se moquait de lui, en examinant l'écorce d'un arbre.

— Je la sens sur moi, cette obscurité.

Teresa se serait attendue à une réponse cinglante, au lieu de cet aveu à la tonalité morbide. Elle n'avait elle-même plus aucune envie de riposter ni de mordre.

Il tenait la lampe torche, et elle tâchait de déchiffrer l'indice que Chiara avait placé dans le dessin. Si quelqu'un les avait vus, il les aurait traités de « fous », et le commissaire aurait répliqué qu'ils se montraient « scrupuleux ».

Sur la petite carte violette, la fillette avait dessiné un arbre au crayon bleu, un arbre à l'écorce rugueuse et aux branches nues et hérissées d'épines. Sur le tronc, il y avait, colorées en marron, une demi-lune et une petite étoile qui pleuraient des larmes rouges. Ce chemin pourpre se terminait à l'arrière-plan, où les racines plongeaient dans la neige en enserrant un cœur sanglant. Et puis les empreintes, des empreintes blanches venues de nulle part qui arrivaient au pied de l'arbre, à l'endroit où un renard roux attendait, assis.

— C'est visiblement un acacia, là-haut, avait remarqué Teresa.

Marini n'en était pas du tout convaincu.

C'était vraiment une chance que ce bois ne soit pas la forêt millénaire de Travenì. La colline était un îlot entouré des vignes du Collio, un maquis de feuillus qui s'étendait sur quelques dizaines de mètres jusqu'à la déclivité où commençaient les terrains des propriétés voisines.

Ils avaient – elle avait – décidé de vérifier.

— Tous les arbres ?

— Tous.

— Et si c'était une vigne ? (Marini avait passé un doigt sur une branche dessinée en forme de ruisseau.) Il y en a sans doute des milliers tout autour d'ici.

— Selon toi, les vignes ont des épines ?

— Je suis un gars de la ville, moi.

— C'est un acacia, avec une lune et une étoile gravées.

— Et vous êtes sûre de devoir chercher précisément ce motif ?

— Je sens une atmosphère de polémique. Quelle raison aurait eue Chiara de les représenter en marron ? Tu as déjà vu un enfant qui colorie la lune et les étoiles en marron ?

— La seule atmosphère que je sens, c'est l'air glacial qu'on respire par ici. Enfin, bon, concernant les enfants, je ne suis pas un très grand expert.

— Eh bien, tu as tout le temps de le devenir.

— Non, je ne crois pas. Alors, on avance ?

La zone était circonscrite. Chiara ne s'éloignait jamais trop, sa mère le leur avait confirmé : « Elle sait qu'elle doit toujours rester en vue de la maison. »

Et la maison, ils pouvaient la voir eux aussi, entre les branches noires. Tous les volets avaient été fermés depuis un bon moment, la cheminée ne fumait plus. Teresa n'avait pas voulu parler du dessin aux parents de la fillette. Pour le moment, cela resterait un petit secret entre elle et l'enfant, une épreuve de confiance à laquelle Teresa ne pouvait se permettre d'échouer.

— Au moins, ils ont laissé les lumières allumées, grommela Marini, en frappant des pieds par terre pour se réchauffer.

À cet instant, les lumières s'éteignirent. Teresa eut du mal à y croire.

— Mais tu portes malheur, Marini ?

— Le sympathique papa est allé faire dodo.

— Étrange, cet acharnement. C'est quoi ? Le père de Chiara te rappelle le tien ?

Elle le vit tressaillir.

— Ce qui voudrait dire ?

— Que ton attitude semble être d'ordre très personnel.

— Ça suffit comme ça. Je suis un collègue. Commencez par me traiter comme tel, je vous prie.

— D'accord... Fais donc un peu plus de lumière.

Il obéit. Ils s'étaient partagé une paire de gants, un chacun, et l'autre main dans la poche.

— Cet homme s'est comporté de manière étrange, je n'ai dit que ça et cela n'a rien de personnel : c'est un constat. Il n'est même pas venu voir de près quelles têtes nous avions, et nous étions là pour interroger sa fille âgée de huit ans.

Teresa enfonça mieux son bonnet pour se couvrir les oreilles. La laine était trempée.

— Malpoli ne signifie pas criminel, clarifia-t-elle. Au contraire, à sa place, beaucoup de délinquants se seraient montrés plus attentifs et plus respectueux. Ce sont d'habiles manipulateurs.

— Pas tous, vous nous le répétez tout le temps. Les psychotiques dansent sur une musique qui n'appartient qu'à eux. À propos de musique, pourquoi ce numéro avec la guitare et la petite ? Que croyez-vous lui avoir apporté ?

— Qu'est-ce que je crois lui avoir apporté ?

— Oui.

— Un peu de courage, si je le peux. Je crois lui avoir donné une image d'elle-même à la fois intrépide et positive. Et il n'y avait aucun numéro là-dedans, bon sang.

Marini tapa dans un caillou inexistant.

— Vous ne vouliez pas être dans une position de reproche. Vous avez bien agi. Je commence à comprendre certaines choses.

— Par exemple ? Éclaire-moi.

— Pourquoi les personnes viennent vous trouver.

Teresa dut regarder au loin.

— Tu n'as pas été trop mal non plus, admit-elle.

Il l'avait suivie sans créer trop de complications, ce qui, pour un individu comme lui, était déjà beaucoup.

— Eh bien, commissaire, si ça, c'est un compliment…

— Tu aurais dû voir ta tête, Marini.

— Quand vous avez commencé à chanter, en bas, le chien s'est mis à pousser des hurlements déchirants. Je ne dirai rien de plus.

— Crétin. Tu sais tenir une torche ? C'est par ici que tu dois m'éclairer.

— Pourquoi vous vous obstinez, commissaire ?

— Je ne devrais plus chanter, uniquement parce que je chante faux ?

— Parce que vous vous obstinez à chercher ce qui n'existe pas.

Il lui braqua un moment la lumière dans la figure, ce qui l'aveugla.

— Au milieu de ces arbres, il n'y a rien, vous le savez mieux que moi, et pourtant le besoin de retourner voir cette gamine et de lui dire qu'elle a raison est plus fort que n'importe quelle logique. Vous éprouvez le besoin de lui faire plaisir. Je me trompe ?

Teresa lui retira la torche des mains.

— Nous ne trouverons rien parce que tu n'es même pas en mesure de faire de la lumière là où tu devrais.

— Je me trompe ?

Ce fut au tour de Teresa de l'aveugler.

— Et toi, inspecteur ? Toi qui sembles tout savoir, toi qui n'as jamais de doutes, qu'est-ce que tu fabriques ici, dans le noir et à moitié congelé, à venir chercher une chose en sachant qu'elle n'y est pas ? Ce serait à la rigueur pour me faire plaisir, contre toute logique, rien que pour… je lance ça comme ça… rien que pour me faire plaisir ?

Elle écarta le faisceau de la lampe et attendit la réponse. Il soupira.

— Pourquoi faut-il que vous ayez toujours le dernier mot ?

— J'aimerais parfois qu'il en soit autrement.

Marini s'appuya contre un tronc.

— Il ne reste plus que quelques arbres, commissaire. Ensuite, que ferez-vous, recommencer depuis le premier ?

— Tu peux t'en aller, si tu veux.

— Et vous, vous rentrez à pied ?

— Je n'ai jamais dit que tu pouvais prendre la voiture.

Il l'observa longuement.

— Pourquoi rendez-vous tout infernalement compliqué ?

Il avait déposé les armes, il semblait sincèrement intrigué par son obstination.

Elle soupira, mais quand elle lui répondit, ce fut sur un ton sérieux.

— Je veux expliquer à une mère qu'elle n'a aucune raison d'avoir peur pour sa fille. Je veux expliquer à une enfant que le cauchemar qui l'a effrayée ne peut pas venir s'introduire dans la vie réelle. Mais je dois trouver les vraies réponses, sans avoir peur de me mouiller les pieds ni de souffrir du froid.

Elle lui tendit la torche.

Il sourit, et il la prit.

— Alors, allons-y.

Ils contrôlèrent les derniers arbres, puis ils recommencèrent, pour s'assurer de n'avoir laissé échapper aucun détail, mais ne trouvèrent rien. Ces signes n'y étaient pas, aucune trace de la demi-lune et de l'étoile.

Marini lui proposa aussi l'autre gant.

— Tenez, vous avez la main violacée. Demain, c'est moi qui irai l'expliquer aux parents de Chiara.

Elle accepta, mais à contrecœur. Elle aurait dû se sentir soulagée : aucun indice, aucun crime enfoui sous des feuilles en putréfaction ou sous les ombres, pas une larme de sang, pas de cœurs perdus dans l'obscurité.

Et pourtant elle se sentait triste. Cette nuit épaisse et laiteuse était porteuse d'une pensée douloureuse. Le cœur perdu dans le bois n'était peut-être pas celui d'un enfant disparu. Ce cœur sanguinolent était peut-être celui de Chiara.

7

Ce fut le matin et ce fut de nouveau le soir sans qu'ils reçoivent aucune nouvelle des parents de Chiara. Teresa voulait considérer cela comme de bon augure. Marini les avait informés de l'opération nocturne qui s'était conclue sans succès, et cela avait peut-être suffi à ramener la sérénité dans leurs vies. Teresa s'était efforcée de le croire.

Le lendemain, elle quitta la tenue de l'enquêtrice et endossa celle d'une femme confrontée à un rendez-vous important. Il avait accepté de la rencontrer, il se souvenait d'elle. C'était un bon début. Un pas à la fois, et elle espérait pouvoir se tenir à ses côtés. À quoi consentirait-il ? À quoi consentirait cet esprit imprévisible qu'elle allait retrouver ? Il lui fallait faire vite, le convaincre de se fier à cette femme bizarre avec son casque ridicule de cheveux couleur magma probablement sans équivalent connu dans la nature.

Elle choisit ses vêtements avec soin, en renonçant à l'aspect pratique du noir, préférant une robe en laine de la couleur des forêts l'été, tombant jusqu'au cou-de-pied. Elle enfila un collier orné d'un pendentif d'une pierre dure, un ovale de labradorite qui faisait songer aux profondeurs changeantes d'un lac alpin.

Elle se regarda dans le miroir. S'effleura le visage. Se passa une main sur les hanches. Qu'est-ce qui lui était arrivé, ces trente dernières années ? Où était la jeune fille qui chantait à tue-tête aux concerts et marchait sur les mains dans un pré fleuri, qui se lançait dans la pente et faisait ses descentes à bicyclette sans jamais toucher aux freins, et qui se laissait envoûter par la nuit, le nez en l'air, sous la pleine lune ?

Elle avançait dans la vie en vacillant, elle dégringolait la pente en récoltant des grumeaux de boue. Une boue qui s'était muée en glaise et qui s'était modelée autour d'elle, pour la livrer au monde telle qu'elle était désormais. Elle réarrangea sa frange sur son front. Tout ce qu'elle avait traversé…

Elle sortit, le cœur agité, consacra l'attente du taxi à se repasser dans sa tête ce qu'elle avait prévu de dire, même si cela ne lui semblait plus fonctionner. Mais ensuite, les mots serviraient-ils à quelque chose ? Les siens, peut-être pas.

Le taxi arriva et elle retourna dans la maison en courant. Devant la bibliothèque, prise de bouffées de chaleur dans son manteau, son écharpe, son angoisse et son sac à main qui refusait de rester suspendu à son épaule, elle parcourut les titres de sa bibliothèque, en maudissant une fois de plus la fatigue qui lui en faisait toujours remettre le rangement à plus tard. Elle ne comprit quel livre elle cherchait que lorsque ses yeux le trouvèrent, au troisième coup de klaxon. Elle attrapa le volume et se précipita dehors.

C'est parfait, songea-t-elle, assise dans le taxi qui la conduisait vers lui. Une histoire peut-elle en dire davantage que n'importe quel discours pontifiant sur la vie, sur l'amour ? Oui, si un cœur bat entre les lignes. Et entre ces pages, il y avait un cœur désespéré et plein d'amour, avec sa charge de chaleur, plein d'un sang qui chante l'émerveillement d'un sentiment aussi bouleversant, sa charge de peur, de manque et de stupeur, ainsi que l'écho douloureux d'âmes épouvantées, serrées l'une contre l'autre, sur le point de se perdre et peut-être de se retrouver ailleurs, parce qu'on ne peut aimer autant pour n'arriver à rien.

Elle arriva au REMS. La gestion de cette Résidence chargée de l'exécution des mesures de sécurité était sous la responsabilité de l'agence de santé locale, mais en réalité c'était une institution de détention réservée aux criminels psychiatriques considérés comme dangereux pour la société.

L'homme avec lequel elle avait rendez-vous l'attendait derrière ces murs, qui devaient lui sembler les confins du monde.

Battaglia expédia les formalités indispensables avec nervosité. Elle se sentait inquiète, et inadaptée. Elle était émue.

On la conduisit dans la salle réservée destinée aux entretiens confidentiels. Elle avait demandé et obtenu de rester seule avec lui, mais quelqu'un les observerait constamment, prêt à intervenir en cas d'urgence.

Ces mains-là peuvent tuer, se rappela-t-elle. Elles peuvent te briser, et te déchiqueter. Elles en avaient déjà été capables.

Elle entra dans la salle. Il était là, assis devant une table en formica, les poignets entravés par des menottes en plastique. Il ne la regarda pas. Teresa était convaincue que cet évitement ne durerait pas longtemps.

Elle resta immobile quelques instants, pour s'habituer à cette image. Andreas était imposant, même son survêtement gris ne réussissait pas à atténuer la force sauvage qui émanait de son corps. Et pourtant, il y avait de la grâce en lui. Elle compara sa beauté à celle d'un animal.

Ses cheveux n'étaient plus cette tignasse duveteuse, ils s'étiraient maintenant en mèches rectilignes jusqu'à la poitrine. La capuche de son sweat-shirt retombait sur son visage, mais elle réussit à entrevoir le nez droit, la barbe courte qui luisait sous les néons, quelques centimètres de la peau dorée des joues.

Elle s'assit face à lui, posa les mains sur la tablette. Elle se pencha un peu en avant pour rechercher ces yeux si particuliers, hétérochromes, l'un bleu comme le ciel du soir, l'autre vert comme les bois. C'était un signe caractéristique également présent chez Alexandre le Grand, peut-être le plus immense des conquérants.

La force des rois et des chefs, Andreas la possédait en lui, mais à cet instant, il était là, devant elle, en exil, prisonnier. Combien de temps réussirait-il à survivre sans respirer l'immensité de sa forêt ?

— Les enfants de Travenì vont bien.

Andreas n'eut aucune réaction.

— Je suis contente que tu aies bien voulu me recevoir. On m'a dit que lorsque tu dis « non », c'est définitif. (Elle sourit.) Donc de temps à autre tu parles. Tu sais ce que cela veut dire, un « non définitif ». Que cela ne devient jamais un oui.

Elle observa la pièce. Elle devait lui paraître tellement vide comparée à l'extraordinaire variété de la nature dans laquelle il avait vécu. Tellement silencieuse et immobile. Morte. Peut-être se sentait-il mort lui aussi.

— Tu es désorienté, et en colère. Tu t'es débattu des jours comme un animal pris au piège. Mais ce piège peut se rouvrir. Il n'est pas définitif. Pour l'instant, c'est un non, mais qui se transformera en un oui, et je suis ici pour ça. Tu te fies à moi ? Moi, je crois que oui. Je sais que tu te souviens de ce qui s'est passé. Tu t'es déjà fié à moi.

Andreas battait des paupières, rien d'autre.

— Tu en sais si peu sur l'humanité, et le peu que tu en connais, c'est le pire. Nous ne sommes pas tous méchants. Tu penses souvent à ces enfants, pas vrai ? À ton petit.

Teresa dut feindre de manipuler son sac à main plus qu'il était nécessaire, sans quoi tout en elle aurait révélé son émoi. Elle prit le livre, le posa sur la table. Andreas n'eut pas de réaction, continua de l'ignorer, le regard braqué sur le mur devant lui.

Il n'avait pas dû comprendre tous les mots qu'elle venait de prononcer, mais ce n'était pas son but principal. Elle voulait que ce soient les expériences qu'ils avaient partagées qui lui parlent, en lui permettant de se reconnaître dans des gestes du quotidien, dans la peur de voir l'autre souffrir, dans la nécessité de protéger, à tout prix. N'était-ce pas cela, peut-être, l'amour ?

Elle ouvrit le livre à la première page.

Il était stupéfiant de constater l'étroite correspondance entre ce récit et la vie de l'homme qu'elle avait devant elle. Lui aussi, il était resté seul et il avait appris à survivre dans un monde sauvage, et ce monde avait désormais disparu pour laisser place à cet endroit de grisaille. Il avait lui aussi pris soin d'un petit d'homme. Il avait lui aussi éprouvé la peur de le perdre, et à la fin il l'avait vraiment perdu. Il avait été un père parce que c'était l'amour qui l'avait rendu tel.

Elle ne croyait pas que l'absence complète d'expression du visage d'Andreas reflétait un vide émotionnel. Elle croyait qu'il coulait de la lave à l'intérieur de ce torse, qu'il renfermait de la tempête et parfois un soleil inattendu, le cri d'un aigle qui se lançait depuis des altitudes vertigineuses, un hululement dans les profondeurs d'une tanière. De la chaleur. De l'instinct. De la force et des émotions qu'il fallait éduquer, mais qui étaient déjà parfaites et devaient demeurer intactes.

Teresa commença à lire à voix haute, lentement.

— « Quand il se réveillait au milieu des bois dans l'obscurité et le froid de la nuit, il tendait la main pour toucher l'enfant qui dormait à son côté. »

Elle tendit aussi la sienne, en la laissant en suspens, cherchant ce battement imaginaire. Il lui arrivait de le faire vraiment, certaines nuits, pour retrouver son enfant. Les nuits plus noires que noires, comme celle de la page qu'elle lisait.

— « À chaque précieuse respiration sa main se soulevait et retombait. »

C'était une image de tendresse poignante, qu'elle sentait cousue sur sa peau à travers les péripéties qu'elle avait vécues. Elle ferma les yeux un instant, accablée. Quand elle les rouvrit, ceux d'Andreas étaient fixés sur son visage.

Alors elle continua, cette fois sans s'arrêter.

8

Les illuminations s'éteignirent avec un grésillement électrique. Chiara se dirigea vers l'Obscurité.

Cette fois ce serait différent. La policière aux cheveux rouges le lui avait dit : les rêves ne peuvent pas faire de mal. Elle agit comme elle le lui avait suggéré, elle choisit de ne pas avoir peur.

Les animaux en bois surveillaient le sentier comme des gardiens : l'Ours, l'Aigle et l'Écureuil lâchaient des odeurs de ruisseau et de mousse.

Chiara ouvrit les bras pour les effleurer de ses doigts, mais elle ne ralentit pas le pas.

La neige jouait avec elle, elle se soulevait en l'enveloppant dans des volutes de fumée, courait sur le dos de ses mains avant de retourner dans le néant d'où elle venait.

Chiara ne sentait pas le froid. Elle marcha entre les ombres et les plaques de neige jusqu'à l'arbre avec la lune et l'étoile. Elle fut contente de les retrouver : elles étaient là pour une raison, pour indiquer la direction.

Le vent se leva et lui emmêla les cheveux. Un flocon de neige guida son regard vers le pied de l'arbre.

Dans la terre, il y avait une fosse, et dans la fosse un enfant était recroquevillé. Comme dans un ventre, comme pour venir au monde, mais sa peau était grise et recouverte de givre. Un ruisselet de croûtes obscures descendait jusqu'au nez. Il tenait serré entre ses genoux un petit lapin en peluche, aussi sale que ses habits et auquel manquait un œil.

Chiara se regarda les mains. Les ongles étaient noirs, les paumes griffées.

C'était elle qui avait exhumé ce secret ?

Elle se laissa tomber à genoux, sous le poids de la tristesse. Elle avait de la peine pour ce petit être que quelqu'un avait oublié dans le bois.

Un soleil bleu s'éleva derrière les arbres, mais il ne réchauffait pas. Chiara leva une main, vit la lumière s'écouler entre ses doigts sans les blesser et atteindre l'enfant. Ce soleil était incapable de faire fondre la glace qui le recouvrait.

Le vent entraîna jusqu'à elle un sanglot de femme. La plainte chevaucha la colline sur l'échine de la brume et se répandit en soupirs.

Chiara se remit debout.

— Qui est là ? Qui pleure ?

Un sanglot se brisa dans l'écho.

— Qui es-tu ?

La plainte reprit, mais elle se transforma aussitôt en une voix d'homme.

Et la tristesse devint frayeur.

9

Teresa se réveilla en sursaut. Le téléphone portable vibrait sur la table de nuit. Elle essaya de se redresser, le dos endolori à cause de sa mauvaise position. Elle tendit une main et répondit, un seul œil ouvert.

— Allô ?

Elle fut envahie par un flot de paroles entrecoupées de sanglots, à l'autre bout de la ligne.

Teresa se sentait perdue. Qui était cette femme et que voulait-elle ? Quelle heure était-il et où se trouvait-elle ? Peu à peu, sans rien comprendre des paroles qui vibraient à son oreille, elle se concentra sur les objets lui rappelant le quotidien qui refaisait peu à peu surface dans son esprit.

Elle se passa une main sur le visage, les lunettes de lecture tombèrent entre ses cuisses jointes. Elle était assise dans son lit, le dos appuyé contre les oreillers, la lampe allumée.

Elle regarda le réveil numérique. C'était le milieu de la nuit. Elle se racla la gorge.

— Vous pouvez répéter, je vous prie ?

— Je suis Giulia, la maman de Chiara. Commissaire…

La femme était agitée, elle parlait d'un rêve et d'une fillette très secouée. Elle suppliait Teresa, mais cette dernière ne comprenait pas le motif de son appel.

— Elle l'a encore vu, martelait-elle.

Elle semblait réprimer un hurlement, qui s'était mué en halètement.

Cette femme… nous nous connaissons, songea Teresa, alarmée.

Et finalement, elle se souvint.

Chiara, ses parents, le froid qu'elle avait dû subir pour rechercher les traces d'un rêve.

Elle ravala la salive qui avait envahi sa bouche sous le coup de la panique.

— L'inspecteur Marini vous a informée, dit-elle. Nous avons vérifié sans trouver aucune confirmation de ce que nous a raconté votre fille. Je suis navrée, mais je crois tout de même que cela constitue un élément positif. (Elle s'interrompit, à l'écoute.) C'est Chiara qui pleure ? Elle a peur ?

— Non, oui… c'est étrange.

— Étrange ?

La femme renifla.

— Elle dit qu'elle doit ramener cet enfant à la maison. Elle pleure, parce que nous ne l'écoutons pas. Venez dès que possible, s'il vous plaît. Je ne sais quelle est la raison, mais Chiara a besoin de vous. S'il vous plaît. Ne la laissez pas seule.

Elle entendit une voix masculine faire irruption à l'arrière-plan. Des mots prononcés sur un ton brusque, que Teresa ne réussit pas à saisir.

L'appel s'acheva.

Ne la laissez pas seule.

À aucun prix Teresa n'aurait voulu la laisser seule, mais elle était seule, elle aussi, et en difficulté. Le temps d'un instant, elle ne s'était pas souvenue de qui était Giulia.

Elle tenait sur ses genoux le poids léger du livre qu'elle avait emporté avec elle en se mettant au lit. Il était encore ouvert aux premières pages, un crayon posé le long de la reliure, en attente.

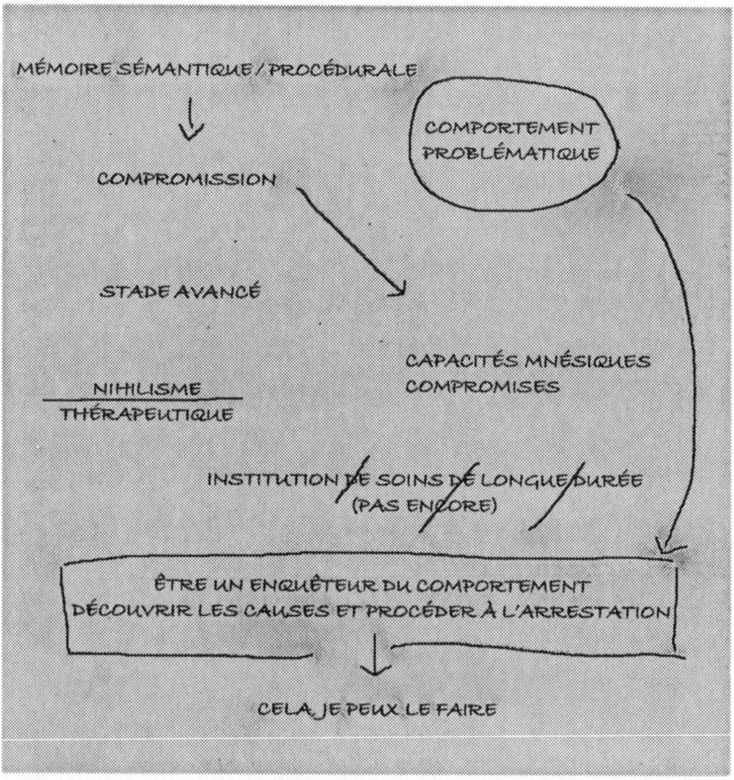

Teresa avait noté quelques mots, sur un mode désordonné qui n'était pas dans ses habitudes. Une pensée soudaine la glaça : elle était déjà en train de changer. Sur le papier, elle avait tracé une nouvelle géographie d'elle-même, où le nord n'était nulle part. Elle se transformait en une personne qu'à la fin elle ne reconnaîtrait pas, et qui ne la reconnaîtrait plus.

La dernière formule émanait de l'auteur, un spécialiste du traitement clinique de la maladie d'Alzheimer, c'était un conseil qu'il donnait aux membres de sa famille et à ceux qui, de manière générale, portaient assistance au malade atteint de démence. Puisqu'elle semblait peu à peu être elle-même atteinte, cela pouvait se révéler utile Elle avait trouvé cette suggestion pertinente, à la fois dramatique et ironique, tout comme la vie.

Elle ferma le livre et l'éloigna. Il lui semblait que le moment où elle aurait pu enfin s'arrêter pour dresser un bilan des dégâts, écouter le chant mélancolique de ses peurs, reconsidérer le futur, n'arrivait jamais.

Au lieu de quoi, elle attrapa le téléphone. Sur le moment, elle avait pensé appeler Antonio Parri, pour lui demander de l'accompagner, mais elle avait déjà parlé à son ami cet après-midi : il était de garde à l'hôpital, il ne serait pas libre avant le lendemain matin.

Elle était capable d'appeler un taxi, oui, mais et après ?

Elle ouvrit son répertoire, parcourut les numéros jusqu'à ce qu'elle en trouve un récemment sauvegardé, accompagné seulement d'un prénom. Elle lança l'appel, mais après quelques tonalités se ravisa et l'annula. Il était très tard, trop tard, et il n'y avait aucune urgence.

Mais « tard » est une notion subjective, songea-t-elle, *comme celle d'« urgence »*.

Elle réessaya, et interrompit de nouveau l'appel.

Puis elle recommença encore une fois.

Elle fixa ses propres yeux, reflétés dans l'écran redevenu noir.

— J'ai vieilli.

Elle se l'était murmuré à elle-même, éprouvant de la honte pour une chose qui ne dépendait même pas d'elle, qui ne pourrait jamais constituer une faute.

Il était si difficile d'admettre de se trouver dans une situation de besoin et de demander de l'aide. Depuis qu'elle avait découvert sa maladie, elle comprenait un peu plus les victimes qui répugnaient à se confier aux autres, et peut-être aussi quelques bourreaux pris au piège de leur propre enfer.

Rends-toi à l'évidence, lui répétait une petite voix perturbante à l'intérieur d'elle-même, et tout sera plus facile.

Elle tapa un message et, à sa stupeur, le destinataire répondit aussitôt.

Tu es réveillé ?

Après seulement dix tonalités
dans le vide et un message ?
Qu'est-ce qui vous fait croire ça ?

La mère de Chiara a appelé.
Cela s'est encore produit.

J'arrive.

Teresa ne réussissait pas à détacher les yeux du dernier mot, solitaire.

Quel réconfort peuvent procurer huit caractères au cœur de la nuit ?

Autant que ces huit autres : « Je suis là. »

10

LA MAISON SUR LA COLLINE AVAIT CHANGÉ. À cet instant, à la lisière de l'aube, elle semblait féerique. La neige s'était retirée, laissant le pré lustré. Les petites lumières faisaient briller le feuillage, le ruisseau que la pluie avait grossi était tout fumant des alchimies mystérieuses de la nature. Un gros oiseau était blotti sur le garde-corps de la passerelle qui conduisait sur l'autre rive. Il était en bois, comme les autres animaux qui peuplaient le coteau, mais à présent les sculptures semblaient avoir pris vie, grâce à la présence de la fillette. Chiara oscillait sur la balançoire, les cheveux défaits, des ailes de costume d'enfant en plume rose dans le dos. Debout sur la planchette, elle se donna de l'élan presque jusqu'à atteindre le feuillage du châtaignier. Tout à coup, elle sauta sur le sol pour danser autour du grand ours dressé sur ses pattes.

Marini coupa le moteur de la voiture, mais ne bougea pas.

— C'est très beau, mais il y a quelque chose d'inquiétant.

Cela suffit à serrer le cœur de Teresa. Elle savait quel détail le mettait mal à l'aise.

— C'est la différence, Marini. Qui perturbe et qui éloigne. Ne la laisse pas en faire autant avec toi.

Elle descendit et marcha pour s'immerger dans l'oxymore vivant qui était devant eux, et qu'elle avait vu trop souvent pour ne pas sentir ses yeux la brûler. Il était composé d'enfance et de supplice : il manquait les amis, il manquait le réseau de relations humaines qui fait d'un seul être l'épicentre d'un échange d'émotions et d'expériences. Chiara dansait au-dessus du vide, sans ce réseau prêt à la soutenir en cas de chute.

La fillette était sur le point de franchir le dernier portail de l'enfance. La famille ne lui suffirait bientôt pas, bientôt plus pour grand-chose.

Les animaux sculptés étaient des substituts immobiles, ils remplissaient l'espace autour d'elle, mais sans pouvoir l'occuper dans son cœur. Teresa éprouvait une certaine réserve à l'idée d'expliciter la chose, elle ne voulait pas donner force à l'absence en en prononçant le mot.

— Où comptez-vous aller ?

Elle se retourna.

— Vous êtes le père de Chiara, j'imagine. Nous n'avons pas encore été présentés.

Elle lui tendit la main, mais celle d'Alessandro Leban resta le long du corps. L'autre tenait la guitare dont Teresa avait joué deux jours avant.

Elle abaissa la sienne, à son tour. Comme sa fille, Leban était une créature nocturne. Elle observa les cernes violacés sous les yeux, le teint malsain. La nuit de Chiara l'avait gagné de sa contagion, elle avait gagné toute la famille, contrainte de vivre suspendue entre le jour et l'obscurité, poussant le corps et l'esprit à survivre au plus près de limites surnaturelles, et en même temps l'avait appelée à mener la plus grande de toutes les guerres. Si Giulia travaillait dans la journée, c'était peut-être lui, Leban, qui passait le plus de temps avec sa fille. Elle se rendit compte qu'elle avait posé très peu de questions à ces personnes, tant elle se souciait de ne pas effriter l'équilibre trop fragile où elles évoluaient.

— Giulia m'a téléphoné, lui dit-elle.

— Je sais et je n'étais pas d'accord, mais ce que je pense ne compte pas.

Teresa ne se laissa pas intimider par la rudesse de son comportement.

— Oui, je vous ai entendu brailler dans le téléphone.

— Laissez Chiara en paix.

Elle vit que Marini se rapprochait et, d'un doigt levé, elle l'arrêta, le priant de lui accorder un peu de temps. Il y avait assez de testostérone nocive dans l'air comme ça. Elle s'adressa à Leban sur un ton plus conciliant.

— Je suis ici pour chercher à comprendre en quoi je peux vous aider, pas pour créer des problèmes.

Il plissa les yeux, une fine maille de capillaires éclatés. Depuis quand ne dormait-il plus convenablement ?

— Vous ne l'avez vue qu'une seule fois et vous pensez en savoir plus que nous ? Ce ne sera pas votre arrogance qui va nous aider.

— Je veux juste l'écouter.

— N'essayez pas de vous approcher de ma fille.

Elle jeta un œil dans son dos. Chiara les observait, immobile. Il en racontait beaucoup, même de loin, ce petit corps droit, les poings serrés. Tant de colère désespérée. Teresa se retourna, posa de nouveau les yeux sur l'homme.

— Alors comme ça, nous lui faisons peur.

— Je ne vous permets pas de m'enseigner quoi que ce soit sur ma fille.

— C'est aussi ma fille, Alessandro.

Giulia les avait rejoints, en silence. Elle posa une main sur l'épaule de son compagnon, l'attira vers elle.

— C'est Chiara qui m'a demandé de les appeler. Nous avons besoin d'aide.

Ce fut comme de voir un mur s'écrouler. Leban s'abandonna à cette étreinte. Giulia leur sourit, une invitation à continuer.

D'un signe, Teresa appela Marini et ils montèrent ensemble quelques mètres de pente.

Chiara s'était cachée, mais pas au point de ne pas vouloir qu'on la trouve. Elle s'était recroquevillée sous un conifère, entre des coussins de mousse et des corolles d'ellébore. Elle était plus pâle que leurs pétales, inquiète. Elle serrait dans une main une petite fée de bois.

Teresa s'approcha.

— Ton papa fait bien de se comporter comme cela, tu sais ?

Elle réussit à attirer son regard. Si bleu, sidéral.

— Cela signifie qu'il tient beaucoup à toi. Les parents protègent toujours leurs enfants, parfois ils mordent pour y arriver.

Chiara esquissa un sourire.

— Ça t'a fâchée ? lui demanda-t-elle.

— Pas du tout. Et puis ton papa a seulement aboyé.

Cette fois le sourire fut plus convaincu. Teresa s'agenouilla et désigna Marini.

— Ça te va, à toi, si Marini reste avec nous ?

— D'accord.

— Tu as vu autre chose ?

Elle fit signe que oui. Teresa s'assit par terre, croisa les jambes.

— Tu veux bien me raconter ton rêve ?

La petite fée trembla dans les mains de Chiara.

— Ce n'était pas un rêve.

11

Chiara était retournée dans l'Obscurité, devant l'arbre avec la demi-lune et l'étoile. Quel que soit le sentier où elle s'engageait dans le brouillard, elle se retrouvait toujours là. Le soleil bénéfique, incapable de blesser, s'était couché. Des voix s'élevèrent, se pourchassaient dans l'air devenu plus froid. Des appels violents, le jappement d'un chien, de nouveau une cloche lointaine.

Chiara percevait l'hostilité qui s'agrégeait dans l'air comme des nuages chargés d'électricité. Les ombres autour d'elle s'agitèrent, secouées par ces nouvelles présences.

L'enfant est mort, je dois réveiller l'enfant.

La confusion qu'elle ressentait lui empoigna le cœur. Mais les rêves sont toujours désordonnés, sa maman le lui avait dit.

— Raconte, conte et chante, murmura-t-elle.

Elle ne fut pas capable de démêler les nombres des pensées et d'y mettre de l'ordre.

Son corps ne lui appartenait plus. Elle vit ses mains secouer l'enfant, mais elle ne les reconnut pas : elles étaient horribles, bleuâtres et avec trois doigts chacune. Des doigts longs et sales qui portaient des marques étranges sur la peau.

Elle tenta de hurler sans y parvenir, quand les ténèbres furent déchirées par une lumière violente, qui tombait d'en haut comme la lame blanche d'un ange. D'autres lumières, plus petites, s'avançaient dans le sous-bois.

Chiara scruta le ciel. Il était courbe, comme s'il était enfermé sous une boule de verre. Les constellations semblaient s'être mises à follement tournoyer, prêtes à s'abattre sur la terre en fragments de feu.

Et à l'instant c'était de nouveau ses mains refermées en conque qu'elle regardait, mais quand elle les ouvrit, ce qu'elle vit la fit frissonner plus encore que le vent impétueux qui rugissait en arrachant les feuilles des ramures.

La fosse était vide.

Au battement de cils suivant, il n'y avait plus aucune fosse.

Et il n'y avait plus aucun enfant.

— Raconte, murmura-t-elle encore.

Et cette fois elle y parvint. Elle raconta.

12

— Vous êtes étrangement pensive.

— Cela n'est pas si rare. Enfin, j'espère.

Marini remplit les deux verres à pied du pinot gris qu'ils avaient commandé. Teresa plongea le regard et ses pensées dans la couleur topaze du nectar odorant. Chiara avait partagé son rêve, en le portant en elle, jusqu'à la fin. Ce récit avait déposé en eux un fond d'inquiétude qui les avait poussés à passer la matinée entière dans la maison de la colline. Il avait été difficile de dire au revoir à la fillette et de la rendre à sa solitude. Sur la route du retour, ils s'étaient arrêtés dans un bistrot pour un rapide casse-croûte, mais ils ne semblaient pressés ni l'un ni l'autre. La tiédeur, les lumières diffuses, la neige qui dehors avait encore une fois annulé le monde ramollissaient leur volonté.

— Je ne devrais pas boire, murmura-t-elle, la joue appuyée sur une main et l'autre occupée à faire tourner le verre à pied sous la lumière. Et rester éloignée de toutes ces nourritures trop grasses.

Marini allait trinquer, mais s'arrêta au beau milieu de son geste.

— Le diabète… j'avais oublié.

Cela la fit rire.

— Il est probable que je vais moi aussi l'oublier assez souvent, à partir de dorénavant.

— Que voulez-vous dire ?

— Rien. (Elle leva son verre.) À ta santé. Une exception qui ne me tuera pas.

— Mais vous avez fait votre injection d'insuline ?

— Oui.

— Quand ?

— La prochaine fois, tu m'accompagnes aux toilettes et tu contrôles, ça te va ?

— Excusez-moi. (Il se pencha pour ramasser quelque chose sur le dallage.) C'est à vous ? Il a peut-être glissé de votre sac.

Il avait en main *La Route*, de Cormac McCarthy. Il remarqua le signet inséré au tiers du roman.

— Vous êtes en train de le lire ?

Teresa le prit et le remit à sa place. Tôt ou tard, elle lui raconterait ses entrevues avec Andreas, mais pour le moment elle désirait qu'elles restent une expérience intime.

— Je le lis à un ami.

Marini faillit s'étouffer avec son vin, et elle dut dissimuler un sourire, tout en lui tendant la serviette. Elle était au bord de l'éclat de rire. Qui savait quelles images lui tournoyaient dans la tête ?

— Il est malade, votre ami ?

Teresa suspendit son geste, pour finalement lui lancer la serviette.

— Qu'est-ce que cela signifie ? Qu'un homme disposé à se faire lire un livre par moi doit forcément être moribond ?

— S'il ne peut lire tout seul, il se pourrait qu'il soit aveugle. Qu'est-ce que j'en sais, moi !

— Justement. Qu'est-ce que tu en sais ?

— J'ai encore fait fausse route ?

— Je commence à m'y habituer.

Le patron arriva avec leur planche de fromages accompagnés de marmelade d'oignons et d'une autre, plus relevée, à base de poires, de noix et de miel, ainsi que d'une grappe de raisins blancs. Il y avait de la ricotta crémeuse saupoudrée de poivre qui venait d'être broyé au moulin et agrémentée d'huile d'olive, un fromage frais aux herbes aromatiques et des copeaux friables d'un autre, affiné dix-huit mois.

L'homme hésitait à s'en aller. Teresa le regarda avec curiosité et ce fut alors qu'il franchit le pas, posant la question qui lui brûlait les lèvres depuis qu'il était arrivé avec leurs plats.

— Vous êtes de la police ? C'est le bruit qui court… Et aussi que vous êtes allés à la maison des Leban.

Teresa appuya le coude sur le dossier de sa chaise et l'observa mieux.

— Qui dit ça ?

— Euh…

Il eut le réflexe de sécher ses mains pourtant déjà sèches sur le tablier qu'il portait noué à la taille.

Le regard de Battaglia se déplaça vers les clients adossés au grand banc. Ils étaient dos à eux, concentrés sur la cuiller qu'ils faisaient tourner dans leur tasse de café, mais elle avait la très nette impression qu'ils écoutaient attentivement. Des gens du coin, des habitués. Ils étaient vêtus de tenues de travail, prenaient probablement leur pause-déjeuner ensemble tous les jours.

Ses yeux revinrent sur le patron.

— Si vous voulez parler d'Alessandro et Giulia Leban, oui, nous sommes allés chez eux. Deux fois.

— Et vous êtes de la police ?

— Nous sommes de la police.

L'homme baissa la voix, mais de toute façon il répéterait plus tard ce qu'il avait appris.

— Il a de nouveau causé des problèmes ? demanda-t-il. Je ne veux pas me mêler de leurs affaires, mais vous savez, Leban doit de l'argent à beaucoup de monde.

Teresa ne cilla pas.

— En effet, il y a des problèmes, assez graves.

C'était peut-être une impression, mais la salle lui semblait plutôt silencieuse. Elle continua, s'efforçant de ne pas regarder Marini.

— Nous enquêtons sur des méfaits commis contre des animaux. Braconnage de la faune sauvage et empoisonnements répétés des animaux domestiques des Leban. Ce sont deux délits assez graves. Je crois que nous repasserons souvent par ici. (Elle fouilla dans la poche de sa veste et lui remit une carte de visite.) Commissaire Battaglia et inspecteur Marini. Si vous pouviez faire circuler l'information, je vous en serais reconnaissante. Nous viendrons même peut-être entendre quelques témoins. Mais je veux aussi tous vous rassurer : nous arrêterons les responsables.

L'homme était pivoine.

— Certainement. Excusez le dérangement. Bon repas.

Il s'éclipsa et, peu après, l'un après l'autre, les hommes assis sur le banc s'en allèrent. Marini but quelques gorgées de son pinot et désigna la porte battante qui donnait sur la cuisine.

— Il n'a même pas pris votre carte.

Teresa la rempocha. Elle entrevit le sourire dissimulé dans les yeux de son collègue, mais s'abstint de commentaires.

— Comment ont-ils fait pour savoir que nous étions de la police ?

— Les dynamiques efficientes et efficaces à l'œuvre dans un petit village, inspecteur. Tu l'apprendras vite.

— On ne vous a jamais dit que vous aviez des façons de faire qui sont intimidantes ?

Elle déplia sa serviette sur ses genoux.

— Mais je ne plaisantais pas du tout. Nous les arrêterons vraiment.

— Et les soucis financiers d'Alessandro Leban ?

— Tu voulais parler de l'*information qui reste encore à vérifier* sur les problèmes financiers *présumés* d'Alessandro Leban ?

— Exactement, oui.

— Nous vérifierons.

Elle choisit un gressin de farine de maïs et de potiron, à la tige noueuse, pour accompagner sa première bouchée.

L'endroit sentait le fût de vin et la polenta rôtie, les poutres anciennes et le *frico* de pommes de terre à peine retiré du feu.

Ils savourèrent leur bon plat et leur excellent vin, jusqu'au moment où Marini planta les coudes sur la table et lui posa la question que beaucoup de collègues dans le service s'étaient posée depuis toutes ces années, mais à laquelle personne n'avait jamais réussi à fournir de réponse.

— Alors, qu'allez-vous faire à Noël, commissaire ? Vous le passez en famille ?

Elle imita son geste, en trempant les lèvres dans son verre de pinot. Elle aurait parié que derrière cette curiosité soudaine, il y avait en réalité un jeu combiné par toute la brigade. Mais Marini était tellement ingénu et, suspectait-elle, si rempli de secrets – au moins autant qu'elle.

L'un des collègues habitait dans la même rue que le nouvel inspecteur. Il lui avait parlé des lumières de son appartement qui restaient allumées toute la nuit. Et ce chaque nuit depuis son transfert ici. À son insu, pendant deux jours, Marini avait été l'objet d'aimables plaisanteries qui ressurgissaient encore de temps en temps, mais de manière de plus en plus distraite. L'individu avait vite perdu tout intérêt, sauf aux yeux de Teresa. Massimo Marini donnait la chasse à un spectre qui hantait son existence. Pour le moment, il parvenait seulement à le tenir en respect.

— Je passerai Noël comme toi, je suppose, répondit-elle. Ou pas ? Parle-moi de ta famille.

Ils se fixèrent un moment du regard.

— Parlons de Chiara, proposa-t-il.

— Ça vaut mieux, oui.

— Qu'en pensez-vous ?

Teresa se relâcha, s'appuya contre le dossier de sa chaise.

— C'est un récit cohérent.

— Vous vous foutez de moi ? Cohérent ?

— Inspecteur, quelle fougue.

— Des signes ésotériques sur les arbres, des lumières venues d'en haut, des enfants qui disparaissent… C'est cohérent, oui, un beau voyage dans l'imaginaire, du fantastique à la science-fiction.

— Quel rapport avec la science-fiction ?

Il pencha la tête de côté.

— Franchement, vous n'avez pas compris ? (Il leva trois doigts de chaque main, qu'il laissa flotter dans le vide.) E.T. Les extraterrestres. Chiara nous a raconté une histoire d'apparitions étranges dans le ciel, de lumières qui viennent enlever les gens. Vous n'avez jamais entendu parler des « enlèvements par extraterrestres » ?

Elle le laissa parler. Il affichait une conviction presque fascinante. Marini brandit son téléphone portable.

— J'ai vérifié. Il y a trois soirs, ils ont passé *E.T.* à la télé, et tout de suite après une émission sur les mystères liés aux extraterrestres. Vous n'avez pas de commentaire à faire à ce sujet ?

— Non.

— Vous voulez rire ?

Teresa se pencha vers lui.

— Je crois que Chiara a vu ou entendu une chose qu'elle n'aurait dû ni voir ni entendre, et que maintenant tout ressurgit. Elle nous a dit : « Ils ont volé l'enfant. » Cela ne t'inquiète pas ?

Marini semblait désappointé.

— Cela m'inquiéterait si c'était vrai, commissaire.

— Elle a répété que ce n'était pas un rêve.

Il leva les bras en l'air.

— Et donc pour vous, ce n'en est pas un ?

— Sa mère lui conseille tout le temps de raconter, dès qu'elle fait un cauchemar. Si elle n'y arrive pas, elle peut se tranquilliser, sans avoir peur de rien.

— C'est peut-être moi qui rêve, parce que cette conversation est absurde.

Teresa le prit par le poignet.

— L'inconscient ne sait pas raconter, Marini. Voilà pourquoi dans les rêves nous ne sommes pas capables de composer un numéro de téléphone que nous connaissons pourtant par cœur, ou d'en écrire un, même tout simple. Chiara a dit qu'elle a compté, de un à dix.

— Alors ce doit être forcément vrai ! (Marini se tourna vers le patron, qui avait refait son apparition à la table voisine, et lui demanda à voix haute :) Excusez-moi, vous avez eu des cas de phénomènes extraterrestres, récemment, dans les parages ? des lumières mystérieuses dans les collines ? Non ? Même pas un rayon tracteur ?

En guise de réponse, des rires et des blagues s'élevèrent des autres tables.

Marini se tourna de nouveau vers Teresa, l'air fiérot, mais une voix du fond de la salle lui ôta son sourire.

— Il n'y a pas franchement de quoi rire, jeunot.

13

Pietro Arturo se faisait appeler Pieri, il exigeait qu'on le tutoie et semblait avoir au moins cent ans. Une écorce dure, sa peau, comme faite d'un cuir cordovan estampé de rides, présentait des motifs en linéation comme ceux des rochers affleurants après une collision catastrophique entre des plaques tectoniques. Le sourire aux lèvres jointes ne s'éteignait jamais et rendait le menton du vieillard encore plus fuyant, comme celui de Popeye. Toutefois, on percevait une force encore vivace qui parcourait ce corps hâlé par tellement d'étés, si recuit qu'il ne pâlissait plus jamais, même pas après une semaine de pluie, de vent et de neige.

Il s'installa bien volontiers à la table avec eux, posa son chapeau de paille sur le dossier de son siège et commanda un cabernet franc. Cette fois, le patron envoya un serveur s'occuper d'eux. Teresa observa les doigts noueux et épais de Pietro qui cueillirent la tige du verre à pied comme si c'était celle d'une fleur délicate. C'étaient les doigts de son grand-père, ceux des beaux vieillards occupés par une vie de travaux au grand air, des doigts aux caresses rugueuses, aux existences au creux de l'hiver, désormais recroquevillés sur eux-mêmes ou peut-être déjà tendus vers ailleurs.

Pietro avait une grande envie de raconter. Il était flatté de retenir leur attention. Il ne devait pas avoir un caractère facile, même s'il se montrait aimable envers eux. À un certain point, il s'en prit à un homme assis sur le banc, lui lançant des plaisanteries mordantes à l'ironie féroce, où il était question d'une vie de fainéant et de son vice du jeu, mais l'homme ne réagit pas. Il s'en alla presque aussitôt. Teresa croisa son regard, il était hagard. Dans son agitation, il la heurta en sortant, sans s'excuser. Elle en conclut que ces prises de bec en public devaient se produire depuis longtemps et que cet homme en était éprouvé.

Elle étudia Pietro.

— Pourquoi tu t'en prends à lui ? Qu'est-ce qu'il t'a fait ?

Le vieux mâcha un morceau de fromage.

— Il fait semblant de ne pas me connaître, mais moi je lui rappelle chaque fois, et il finit par décamper. (Il se pointa un doigt contre la poitrine.) Moi, je n'ai rien à perdre, mais pas lui.

Il faisait montre d'une dureté impressionnante, sur un visage de vieillard. Tout à coup, il se radoucit.

— Je suis trop bon, trop. Toujours été généreux avec tout le monde.

— Il t'a offensé ?

— C'est la vieillesse qui m'offense. Ils se tiennent tous loin des vieux qui ont un pied dans la tombe. (Il lui adressa un clin d'œil.) Moi, je ne meurs pas. Je ne prends pas congé.

Quand la table fut débarrassée de ses assiettes, Pietro proposa une partie de rami.

Marini recula.

— Je ne sais pas jouer aux cartes.

Pietro le regarda comme s'il venait de se rendre compte à l'instant de sa présence. Il avait compris tout de suite lequel des deux commandait, ici, et ce n'était pas Marini.

— Une partie de tressette, renchérit Teresa.

— À deux, c'est moins amusant, mais bon, d'accord.

Pietro mélangea les cartes, Teresa coupa le jeu, il fit la donne et ils se mirent à causer.

— Que voulais-tu dire, tout à l'heure, Pieri ? Par « il n'y a pas franchement de quoi rire » ?

L'homme ricana.

— Il s'en est passé des choses étranges, dans cette région. Ceux-là, ceux que vous avez vus sur le banc, ils sont trop jeunes pour s'en souvenir. C'étaient encore quasiment des gamins. Mais si moi j'en parle…

Il se référait à des événements lointains. Teresa avait de très mauvaises cartes, et récolterait probablement un « témoignage » inutile.

— Toi, pourtant, tu t'en souviens bien, de ces choses étranges.

— Et comment.

Il avait la main.

— De quoi parlons-nous, là ?

Pietro but une gorgée de vin, le goûta en le faisant tourner en bouche avant de l'avaler.

— C'était l'hiver 1996 ou 1997. Non, peut-être l'hiver précédent. Le mois, je ne m'en souviens pas. Mais il y avait de la neige.

— Cela fait plus de vingt ans, soupira Marini.

Pietro abattit une carte sur la table.

— Nous savons compter.

Il avait encore une fois la main. Teresa soupira.

— Je suis rouillée.

— Personne ne veut jamais jouer avec moi. Cela me plaît, à moi, de jouer.

— Qu'est-il arrivé, il y a vingt ans, Pieri ?

Le vieillard désigna Marini du pouce.

— Ce qu'il a dit, lui. Des lumières sur la colline, elles se déplaçaient dans le bois. Ils ont été nombreux à les voir, depuis le village.

— Toi aussi ?

Il hésita, comme pour choisir la meilleure stratégie et donc la carte à abattre, ou les mots justes, entre vérité et mensonge. Pietro, cela lui plaisait de jouer, peut-être était-ce aussi ce qu'il était occupé à faire avec eux.

— Non, pas moi. Je me suis toujours couché en même temps que les poules. Mais il y en avait un que je connaissais qui les avait vues, un gars qui ne racontait pas de sornettes. « Ah, ce qu'elles dansaient », dit-il. Elles semblaient suspendues entre les arbres. Parfois fixes comme des étoiles, d'autres fois elles filaient si vite que l'œil ne réussissait pas à les suivre. Et ensuite, elles disparaissaient.

— C'est resté un épisode isolé ?

— Non.

Teresa commençait à se lasser de perdre. Pietro s'en rendit peut-être compte, parce qu'il la laissa manifestement gagner à deux reprises. C'était un sadique, mais sympathique, pensa-t-elle, amusée. Ces petites concessions servaient uniquement à l'inciter à résister jusqu'à la défaite finale.

— Que penses-tu que c'était, ces lumières ? lui demanda-t-elle, plus par curiosité qu'autre chose.

— Des ovnis.

— Tu veux parler d'extraterrestres ?

— Et de quoi d'autre ? Vous ne me croyez pas, je le sais, mais ceux qui les ont vues ont pensé la même chose. On en a beaucoup parlé, ici, dès qu'il faisait noir les gens sortaient peu. La peur a longtemps persisté.

— Des enfants ont disparu ?

Ils se tournèrent tous les deux vers Marini. L'inspecteur soutint leur regard avec une évidente ironie.

Pietro pointa sur lui un index recourbé.

— Je te l'ai déjà dit, de ne pas plaisanter. Un gars comme toi se serait pissé dessus, tu peux me croire. J'étais pas comme vous me voyez maintenant ! J'ai grandi de pain et de labeur, j'étais fort. J'allais tous les jours là-haut dans les prés, jusqu'aux bois. Et même à la nuit tombée. J'en ai fait des kilomètres, pour chercher des champignons. Je les vendais aux touristes de passage et aux restaurants, mais maintenant personne ne fait plus confiance. Il n'y a plus aucune confiance.

— Tu en trouvais beaucoup ?

— Des quintaux. J'étais le meilleur, depuis tout petit. Et j'en ai entendu, des bruits étranges, au milieu des arbres. J'ai écouté le silence qui fait peur…

— Un silence qui signifie présence ?

Il observa Teresa, d'un regard enflammé.

— Toi, tu m'as compris. Mais la première fois qu'ils m'ont parlé de ces lumières, la première fois, oui, j'ai eu peur. J'ai toujours su que nous ne sommes pas seuls.

Marini déplia un plan et lui demanda d'indiquer la zone correspondant à ces observations. Pietro la lui montra sans hésiter, sans même prendre le temps de réfléchir. Ce n'était pas du côté de la maison de Chiara. Ils en avaient entendu suffisamment pour faire le point sur la situation.

La partie s'acheva. Teresa avait perdu. Pietro avait un grand sourire qui lui fendait le visage d'une oreille à l'autre.

— Merci, Pieri.

— Vous avez trouvé ce que vous cherchiez ?

Teresa lui sourit.

— Malheureusement, non, mais c'était très intéressant de t'écouter. Maintenant, nous devons te dire au revoir.

Il semblait mécontent.

— Et pourquoi non ?

— Nous recherchons des informations sur des faits beaucoup plus récents. Peut-être. À dire vrai, je ne saurais même pas te dire de quoi il s'agit.

Il planta sa casquette sur sa tête.

— Vous êtes allés chez les Leban.

Teresa rit.

— Maintenant, tout le monde est au courant.

— Comment va la petite ?

— Tu la connais ?

— D'après vous, qui lui a sculpté ses petits amis en bois ?

— Toi.

— Oui-chère-madame.

— Elle va bien.

Pieri la fixa avec l'air de celui qui en savait long, et Teresa n'avait aucun mal à croire qu'il en soit ainsi.

— Elle, peut-être, marmonna-t-il.

— J'ai entendu dire que le père doit de l'argent à quelqu'un d'ici.

— Ah ! Il en doit à tellement de gens, mais rien d'officiel. Il a réussi à en rembourser certains, mais pas grand monde. Il travaillait dans une banque, il a convaincu quelques idiots de se lancer dans des investissements mal choisis. (Il se tapota le front de l'index.) Pas moi, même si nous étions amis. Je ne suis pas stupide, mes sous, je ne les donne pas aux banques.

— Vous n'êtes plus amis, toi et Leban ? lui demanda Teresa.

— Je ne le vois plus depuis au moins un an. Depuis qu'ils ont déménagé. Là-haut, sur la colline, ma Vespa n'y arrive pas.

Teresa et Marini se regardèrent.

— Déménagé ?

14

L'ancienne maison des Leban était restée vacante. Des auréoles noires en maculaient l'enduit de façade, les volets s'étaient déformés par endroits, gonflés par l'eau et les moisissures. Les fissures laissaient entrevoir la pulpe du bois qui pourrissait. Un panneau défraîchi signalait que le logement était en vente. Teresa se demanda si le propriétaire désireux de s'en défaire n'était pas la banque où Alessandro Leban avait scellé sa déconfiture et celle d'autres personnes avec lui. Si tant est que cette histoire soit vraie.

Un piquet de la clôture se rompit sous la main de Marini. L'inspecteur lâcha un juron, en se retirant une écharde de la paume.

— Elle semble abandonnée depuis bien plus longtemps.

Teresa se retourna, le regard vers les cimes des épicéas qui pointaient au-dessus du toit, sur l'arrière de la bâtisse.

— Elle est orientée au nord, murmura-t-elle.

Le soleil ne l'effleurait jamais, même l'été. Une maison malheureuse, malsaine, orientée vers l'ombre, quelle que soit la saison.

— Ils devraient la démolir.

Pietro les avait conduits jusqu'ici au guidon de sa vieille Vespa. Sur quelques kilomètres de route, il n'avait été qu'un petit fanal rouge à travers le pare-brise de leur voiture, agité de soubresauts, et qui souvent donnait de la bande, quand il n'était pas englouti par le brouillard.

— Il va se faire tuer, avait pesté Marini. Mais il faut justement qu'il roule comme un dingue quand c'est moi qui le suis !

Teresa s'était sentie aussi le cœur au bord des lèvres pendant tout le trajet. Cela n'avait duré qu'une dizaine de minutes, mais c'étaient déjà dix minutes de trop.

— Parfois, les grands vieillards manifestent un certain mépris du danger, avait-elle seulement réussi à dire.

— Nous allons le retrouver sous les roues de quelqu'un.

Il n'en avait rien été. Pietro les avait accompagnés jusqu'à la maison et il avait pris congé en soulevant son couvre-chef, les yeux pas plus embués que cela, mais luisants.

— Merci pour la compagnie. *Grazie*.

Il l'avait répété à plusieurs reprises, en baisant la main de Teresa.

Elle en avait été attendrie et lui avait promis qu'ils se reverraient bientôt.

Enfourchant sa Vespa, Pietro avait remis sa casquette en place et les avait salués une dernière fois en s'inclinant légèrement, avant de redevenir un minuscule point rouge vacillant dans la blancheur du brouillard.

Marini lui avait crié de faire attention.

— Nous aurions dû insister pour l'accompagner jusque chez lui en voiture.

— Cela n'aurait servi à rien. Il se serait juste mis en rogne.

Ils firent le tour de la maison.

— Alors on fait quoi ? On se remet à recenser les arbres ?

Il avait déjà les cheveux mouillés. Teresa remonta la fermeture Éclair de sa grosse parka. L'humidité commençait à réveiller des inflammations anciennes.

— Tu n'es pas curieux de voir si nous n'allons pas finir par le trouver, ce signe ?

— Un peu, si, à vrai dire.

Ils se mirent en chemin. L'endroit était tout à fait dans le registre de ce qu'ils avaient déjà vu dans l'autre maison, mais comme décliné en un négatif photographique : plus sombre, plus brut. Un lieu inexorablement perdu.

La boue produisait un bruit de succion à chaque pas.

— Marini, pour la prochaine fois : des vêtements commodes. Jean, anorak imperméable et, surtout, des chaussures que tu puisses crotter.

Il jeta un œil à ses semelles, alourdies par plusieurs centimètres de boue et de nature décomposée. Il éclata de rire.

— Vous vous souvenez de notre première rencontre ?

— Aucune des personnes présentes ne l'oubliera jamais, Marini.

— Vous étiez tellement fumasse contre moi.

Elle réfléchit. Était-elle vraiment en colère contre lui ? Ou plutôt contre elle-même, avec son corps alourdi qui lui faisait l'effet de la lester, et son mental boiteux ? ou contre un assassin féroce qui semblait ne faire qu'un avec la forêt ? ou même contre le mort, dont on ne pouvait plus scruter les yeux dans l'espoir d'y lire on ne savait quel présage.

— Vous m'avez envoyé sonder ce canal pestilentiel, à la recherche de… bon, nous connaissons la suite.

— Tu ne réussis même pas à le dire.

— Je pourrais encore dégobiller.

— J'étais un peu en rogne, peut-être, oui.

— Un peu ? D'ailleurs, depuis, ça ne s'est pas franchement arrangé.

Teresa lui flanqua un petit coup.

— Tu as une légère tendance à t'apitoyer sur ton sort. Cela ne te fait pas du bien.

Il s'arrêta, planté bien droit devant elle. Il avait un léger tremblement dans la voix.

— Je vous comprends, vous savez ? J'étais arrivé en retard, et j'étais convaincu de devoir m'adresser à un homme, uniquement parce que…

— Marini… je n'étais pas en colère à cause de ça.

— Non ?

— Non. J'étais fâchée de ta manière de me regarder.

Il fourra les mains dans ses poches et pencha un peu la tête.

— J'ai peur de vous poser la question. Je vous ai regardée comment ?

Elle revint mentalement à cette journée, à cette sensation brûlante de se sentir jugée uniquement sur un aspect peu glorieux de sa personne. Elle en avait l'habitude, mais cela ne signifiait pas qu'elle soit disposée à l'accepter.

— Tu m'as regardée comme si j'étais insignifiante, uniquement parce que je portais des vêtements pratiques et parce que je n'étais pas exactement l'image de la perfection qui t'obsède tant. Le fait que je sois une femme d'un certain âge, au milieu d'une scène de crime et d'une équipe d'hommes ne t'a aidé en rien, j'imagine.

Il opina lentement, les lèvres pincées.

— Et vous m'avez puni.

— Et comment, oui, que je t'ai puni. Je t'ai donné une leçon que tu n'es pas près d'oublier.

— Et vous, vous savez une chose ? Vous m'avez fait du bien.

Elle dissimula un sourire.

— Ah, vraiment ? On ne dirait pas. Avance, allez.

Marini la précéda dans le sentier, sans cesser de parler. C'était peut-être le vin qui lui déliait la langue, ou peut-être avait-il simplement besoin de temps pour se sentir en confiance et se révéler pour ce qu'il était vraiment : un bavard. À tel point qu'au bout d'un moment Teresa ne lui prêta plus attention et la voix de l'inspecteur se mua en un bruit de fond qui lui parvenait par bribes dans le brouillard.

Teresa avait besoin de se concentrer pour rester présente, pour ne pas risquer de se perdre dans cette brume qui par moments enveloppait ses souvenirs.

Ce fut seulement quand le silence devint absolu qu'elle se rendit compte qu'elle l'avait perdu de vue depuis un moment. D'instinct, elle tendit l'oreille.

— Marini ?

Quelque part, un hibou sembla l'imiter, se moquant d'elle.

Les arbres paraissaient tous identiques, le sentier avait disparu sous la couche de feuillages que la pluie avait arrachés aux branches. Elle sentit les battements de son cœur accélérer. Elle avait chaud et froid, et un bourdonnement dans les oreilles l'engourdit.

— Marini !

Elle choisit une direction et parcourut quelques mètres, en sachant parfaitement qu'elle faisait le mauvais choix, mais rester sans bouger était pour elle contre-nature.

Elle cria encore le nom de l'inspecteur. Dès qu'elle entrevit une silhouette sombre quelques mètres devant elle, son appel s'étouffa et se transforma presque en une imprécation.

— Pourquoi tu ne réponds pas ? l'apostropha-t-elle, soulagée.

Il était de dos, devant un arbre. Son immobilité parfaite l'effraya.

— Marini ? l'appela-t-elle à mi-voix.

Il tourna à peine la tête. Elle suivit le défilement d'une goutte d'eau le long du profil de son visage.

— Vous aviez raison. C'est un acacia, l'entendit-elle dire.

Il fit un pas de côté. Le rideau s'ouvrait. Teresa resta bouche bée.

15

SUR L'ÉCORCE, NOIRCIES par le temps mais aussi profondes que des blessures jamais cicatrisées, la demi-lune et l'étoile laissaient transparaître le début d'un récit.

Teresa tendit une main pour les effleurer, mais celle de Marini se referma sur ses doigts.

— Non.

Il avait raison.

Elle regarda le sol. La terre était compacte, le tronc y pénétrait sans même déranger le moindre caillou. C'était de la terre battue par le temps.

Quelqu'un les appela d'en haut, vers la maison.

Teresa regarda Marini d'un œil interrogateur.

— De Carli et Parisi, lui dit-il.

— Enfin, bon sang, pourquoi les as-tu appelés ?

— C'est eux qui ont appelé, pour savoir comment ça allait. (Il dirigea ses pas vers leurs collègues.) L'équipe se regroupe.

L'équipe se regroupe ? Il n'y a aucune enquête pour l'instant.

Elle se fit cette réflexion à elle-même, pour qu'il ne s'attarde pas à l'écouter. Quand ils la rejoignirent, elle ouvrit grand les bras.

— C'est presque Noël, retournez chez vous.

Parisi se dirigea tout droit vers le signe gravé sur l'écorce, l'étudia, les mains sur les hanches.

— Et rater cette affaire ? Même pas en rêve.

— Il n'y a probablement aucune affaire.

— Marini affirme le contraire. À propos, pourquoi lui avez-vous demandé de vous accompagner ? (Il fit mine de baisser la voix, une main devant la bouche.) Ce n'est pourtant que le petit dernier.

— Bonjour, chef.

De Carli avait apporté le nécessaire pour effectuer les prélèvements d'indices.

Teresa n'en revenait pas.

— Vous êtes passés au commissariat central.

— Oui, mais personne ne nous a posé de questions.

— Qu'est-ce que je vous ai enseigné, toutes ces années ?

De Carli ouvrit la mallette contenant sa panoplie.

— À savoir très habilement nous dérober aux questions. Par où commençons-nous ?

Ses garçons. Si précieux, à un degré qu'ils ne mesuraient sans doute pas encore complètement.

Ils regardèrent tous le commissaire Battaglia. Il lui incombait de décider.

— Creusons.

Il n'en fallut pas beaucoup. Après quelques coups de pelle, ils trouvèrent un morceau de tissu qui promettait de n'être que la partie émergée d'un iceberg enfoui là-dessous. Le trou creusé par la pelle pliable se transforma en fosse, et la fosse dévoila son secret au monde de la surface.

Marini enfila les gants de latex et mit un genou à terre.

— Dès qu'il y a un truc dégoûtant à faire, il faut que ça tombe sur moi.

Il respira à fond avant d'écarter les lambeaux du tissu rouge dévoré par le temps.

16

Les bras croisés sur la couette qui la couvrait jusqu'aux chaussons, Giulia observait le contenu des sachets hermétiques transparents. Elle était revenue seule dans leur ancienne maison, sentant cette solitude qu'elle y éprouvait peut-être à l'époque.

Parisi avait disposé les pochettes sur une planche qui, dans la vie précédente de la famille Leban, avait servi de table de jardin. Les dessins de Chiara étaient encore visibles à la surface du panneau. Une licorne volait dans les nuages.

Teresa ne lui avait rien expliqué, pas même quand ses questions s'étaient faites insistantes. Elle avait voulu la confronter à leur découverte sans l'y préparer ; la réaction instinctive de cette femme était un élément fondamental à observer, mais jusqu'à cet instant son corps n'avait pas raconté grand-chose.

Giulia désigna la boule de tissu rouge.

— Qu'est-ce que c'est ?

— Un sac de couchage, en assez mauvais état.

Le regard de Giulia se déplaça vers le contenu de la deuxième pochette. Celui-ci ne requérait pas d'explications. Teresa la vit porter la main à sa bouche.

— Cela appartenait à Chiara ?

— Non. C'est cela qui m'impressionne tellement.

La peluche crasseuse était un petit lapin auquel manquait un œil, et elle était rapiécée en plusieurs endroits.

— Vous ne reconnaissez pas ces objets ?

— Ils ne sont pas à Chiara, non. Je ne les ai jamais vus.

— Vous en êtes sûre ?

— Oui.

Teresa referma le zip de la pochette.

— Nous pensons nous aussi qu'ils ont été enterrés depuis beaucoup plus longtemps, mais nous voulions quand même lever tous les doutes.

Giulia tremblait visiblement.

— Nous avons vécu dans cette maison pendant des années. Ces choses étaient enterrées dessous… tout ce temps ?

Elle était horrifiée à l'idée que la terre sur laquelle ils avaient construit sa famille ait été d'une manière ou d'une autre souillée par un mystère. Elle regarda la végétation.

— Et ces signes sur l'arbre… on dirait un mauvais sort.

Teresa lui passa le bras autour des épaules et l'accompagna vers la voiture.

— Je suis certaine que ce n'est pas de cet ordre. Ces signes ne me font pas penser à ce genre de chose.

— Vous en avez vu tant que cela pour l'affirmer ?

— Des symboles ésotériques, vous voulez dire ? Oui, des quantités, et de toutes sortes.

— Je n'aimerais pas faire votre travail.

Teresa sourit, mais elle sentit dans le plissement de ses lèvres le poids des années passées au contact des manifestations du mal. C'était peut-être tout ce qu'elle avait vu qui l'avait enlaidie.

— Il m'est arrivé quelquefois de le penser, moi aussi.

— Et plus maintenant ?

Teresa s'était résignée à aimer ce que d'autres évitaient sagement.

— C'est une vocation. Cela ne requiert ni raisons ni calculs.

Giulia se figea.

— Vous croyez que nous sommes en danger ?

Battaglia aurait voulu lui répondre avec une caresse, tant elle lui paraissait vulnérable.

— Non. Je ne vois rien qui m'incite à le penser.

Les lèvres de la femme tremblèrent.

— Vous alliez ajouter « pour le moment », pas vrai ?

— Non. Si j'avais certains doutes, jamais je ne vous les dissimulerais, jamais.

Ils croisèrent De Carli, en pleine communication téléphonique. Il eut un petit signe de connivence à l'intention du commissaire et s'éloigna de quelques pas.

Devant la voiture, Battaglia voulut dissiper une interrogation apparue dès leur première rencontre.

— Chiara ne vous a jamais parlé des éléments récurrents du rêve, avant ces derniers jours ? Même sous une autre forme, comme s'il s'agissait d'une fable, ou d'un souvenir, ou de l'expérience de quelqu'un d'autre ?

Giulia ne parut avoir aucun doute.

— Non, je vous l'aurais dit.

Ce n'était pas une bonne nouvelle.

— Très bien. Rentrez chez vous et tâchez de vous tranquilliser. Croyez-moi : s'il y avait une raison de s'inquiéter, je vous le dirais.

Giulia actionna la commande à distance, mais elle n'avait pas l'air de vouloir s'installer au volant.

— Vous me le diriez tout aussi franchement, si vous pensiez que Chiara était folle ou...

— Ou ?

Elle baissa la voix.

— Différente ?

Teresa comprenait son trouble.

— Nous nous sentons tous un peu différents, quand quelque chose ne fonctionne pas bien dans notre existence, et je ne le sais que trop. Il n'y a rien qui ne va pas chez Chiara.

Giulia lui rendit son sourire, mais il semblait forcé.

— Il ne vous est jamais venu à l'idée que c'était un poids trop lourd à supporter ?

Elle s'en alla sans attendre la réponse et le commissaire resta là, regardant vers la rue, même après que la voiture eut cessé d'être visible. Elle pouvait presque sentir la trace émotionnelle que cette femme avait laissée derrière elle. Le désespoir et l'espoir, la peur et le soulagement se mêlaient à l'air qu'elle respirait, comme un fruit sucré déjà un peu entamé par la putréfaction. Une pulpe juteuse, mais avec des vers. Cette dernière question, c'était un appel au secours.

Marini la rejoignit, maintenant couvert de boue, et il lui posa une question à son tour, celle à laquelle Teresa essayait d'apporter une réponse.

— Comment comptez-vous procéder ? Si toutefois vous comptez procéder.

Elle réfléchit à voix haute.

— Nous n'avons pas trouvé de traces de restes humains. Du moins, pas en apparence. Des analyses plus approfondies nous seraient utiles.

— Sur la base de quels éléments ? Nous tournons en rond, commissaire : soit nous admettons que nous sommes ici à la poursuite d'un rêve et nous clôturons le problème, soit nous décidons d'y croire et nous allons de l'avant, mais si nous allons de l'avant, nous devons suivre la procédure.

Elle fouilla dans ses poches, à la recherche d'un bonbon. Elle le déballa et se mit à mâcher. Mâcher la calmait.

— Nous ne disposons pas d'éléments permettant d'ouvrir un dossier, continua l'inspecteur. Vous le savez mieux que moi.

Elle esquissa un geste vers la table rudimentaire et les pochettes de pièces à conviction.

— Sauf que ce que nous a exposé Chiara est au moins en partie avéré.

— Il y a mille manières différentes d'expliquer le récit de la petite, dont une bonne moitié qui sont plus que convaincantes.

— Et il y a mille voies différentes afin d'arriver à comprendre lequel de tous ces récits est vrai, inspecteur.

Marini essayait avec un mouchoir de retirer les taches de l'ourlet de son pantalon. Il s'arrêta, pour la regarder.

— Par « voies différentes », vous entendez par là que nous ne suivrons pas les procédures, n'est-ce pas ?

Teresa lui donna une petite tape sur la joue.

— Tu vois que nous apprenons à nous comprendre.

— Je n'arrive pas à croire que vous vous apprêtez à vous lancer dans une chose pareille.

De Carli les appela, il avait terminé sa conversation téléphonique. Le commissaire lui fit signe de patienter et revint à Marini. Elle avait besoin de sonder jusqu'au bout de quel bois était fait l'inspecteur.

— Toute seule, je ne peux véritablement rien tenter. J'ai besoin d'une équipe et la seule et unique question qui compte est : veux-tu en faire partie ou non ?

— Je fais partie de cette brigade.

— Certes. Formellement, physiquement, mais ici ?

Elle lui pointa l'index sur le front.

— Et ici ?

Elle lui pointa l'index à hauteur du cœur.

— Jusqu'à quel degré es-tu un policier ? Jusqu'à quel degré es-tu disposé à remonter ces pistes avec nous ?

— Jusqu'à n'aboutir nulle part ? C'est ce que vous me demandez ?

Elle éclata de rire.

— Nulle part, c'est fréquemment là qu'on aboutit, inspecteur, et c'est seulement maintenant que tu t'en aperçois ? Mais notre travail n'est pas de trouver : c'est principalement de chercher. Et si en fin de compte nous constatons qu'il n'y avait personne à prendre en chasse, tant mieux ! Maintenant, réponds à ma question.

Marini se tourna vers ses collègues. De Carli et Parisi attendaient.

— Note qu'ils ne vont pas répondre à ta place.

— Je le sais !

— Eh bien alors, un peu de courage : jamais je ne te mettrai sur la touche. Nous nous reverrons au bureau après les fêtes, comme si de rien n'était, mais si tu restes, alors je veux du dévouement, de la confiance et une persévérance obsessionnelle.

Il se cala les mains sur les hanches. Il tremblait presque.

— Il se peut que ce sac de couchage et cette peluche aient appartenu à des campeurs de passage, ces bois sont un vrai dépotoir. Vous me demandez d'avoir confiance.

Elle se refusait à lui laisser même un centimètre de mou, elle continua donc de tirer sur la corde.

— C'est comme ça. Confiance en ton travail, Marini. Cela s'appelle la « vocation ». Tu penses l'avoir ? Parce que jusqu'à présent, je n'ai rien constaté de tel.

Après un long moment, il lui sembla le voir opiner.

— C'est un oui, ça ?

— C'est un oui.

Bien, songea-t-elle.

— C'est ce que nous verrons.

17

Ils rejoignirent De Carli et Parisi.

— Il y a des nouveautés intéressantes, commissaire.

De Carli lui montra son portable.

— C'est la coupure de presse que vous m'avez demandé de rechercher.

Elle parcourut les fichiers, les ouvrit et les lut, en donnant à tous le temps d'assimiler les informations.

Marini les résuma d'une phrase.

— Il ne s'agissait pas d'extraterrestres, mais d'étrangers.

Elle rendit le téléphone à De Carli.

— Pour certains, c'est la même chose.

Comment avait-elle fait pour ne pas y penser plus tôt ?

Elle s'accroupit, les coudes sur les genoux, les mains contre le front, comme pour soutenir des pensées trop lourdes. Elle voulait observer le bois d'en bas, depuis l'enchevêtrement de ronces qui, à cet instant, représentait une sublime métaphore des difficultés qu'une existence en fuite devait surmonter pour atteindre l'espoir.

À l'hiver 1995, quantité d'articles étaient parus dans les quotidiens locaux. L'histoire des observations d'extraterrestres s'était aussitôt dégonflée, dès qu'avait transpiré une vérité non moins effrayante, mais en un sens plus tolérable : celle de la route des Balkans.

La guerre qui avait incendié la Bosnie-Herzégovine avait vu s'opposer dans des conflits sanglants Serbes, Croates et Bosniaques musulmans. Même après la fin du conflit, les affrontements religieux et culturels avaient continué de faucher des victimes.

Elle ramassa une poignée de terre. Les pas qui l'avaient foulée s'écoulaient entre ses doigts : à un certain moment, ces pas-là s'étaient évanouis dans le néant.

« Le nettoyage ethnique contre les musulmans a été dévastateur. »

Les images défilaient devant ses yeux avec netteté.

Maisons saccagées et brûlées. Procès sommaires, meurtres. Camps de concentration, viols de guerre. Et enfin, cette image d'une demi-lune et d'une étoile.

Elle se leva, se dirigea d'un pas rapide vers l'arbre marqué d'incisions, suivie des autres.

Elle y arriva à bout de souffle.

— La lune croissante est un symbole très ancien, relié à Artémis. C'était aussi le premier symbole de Byzance, ville consacrée à la déesse grecque. Quand le christianisme s'est étendu jusqu'à Constantinople, à la lune on ajouta une étoile, symbole de la Vierge Marie, mais pour les musulmans, plus tard, elle représenta le prophète Mahomet.

Une histoire millénaire se déployait le long de ces lignes. Elle imagina une ombre graver les deux figures dans l'écorce, avant de s'agenouiller ensuite en prière.

— Ce n'est pas un symbole ésotérique, précisa-t-elle. C'est un symbole musulman. Les lumières dansantes et mystérieuses entre les arbres étaient les torches des réfugiés de guerre en fuite. Ils se sont arrêtés ici.

Elle regarda la terre retournée à ses pieds. Ils avaient enseveli le sac de couchage. Pour quel motif renoncer à un objet aussi précieux en pleine fuite à travers bois ? Ou alors c'était que cacher ce sac de couchage importait plus que toute autre considération ?

— Celui qui a enlevé l'enfant s'est soucié de faire disparaître toute trace de son passage. Il a enterré ce secret, exactement ici.

— La police des frontières n'est pas loin, remarqua Parisi. Nous pourrions y aller maintenant, leur demander des informations.

Elle restait dubitative. Elle revint sur ses pas, récupéra ses affaires.

— Débarquer là-bas sans préavis pour réclamer un service ne serait pas une initiative très futée. Nous irons demain, après avoir pris rendez-vous.

Elle vérifia l'heure. Elle était en retard pour le sien, de rendez-vous.

18

La salle du REMS avait enfin trouvé un début de vie. Les agents avaient accroché les dessins qu'Andreas avait créés depuis leur première rencontre. Ils étaient extraordinaires. Battaglia ignorait qu'il dessinait. Elle les admira l'un après l'autre, consciente de ses yeux posés sur elle. S'il lui avait été difficile d'obtenir ce regard la première fois, il n'était maintenant plus possible de s'en libérer. Elle le laissa la regarder, tandis qu'elle passait lentement ces figures en revue. Les traits du pinceau trempé dans la couleur noire lui rappelaient ceux des idéogrammes orientaux, mais représentaient un animal, toujours le même : un aigle aux ailes déployées, puis blessé, un nid vide, l'animal en chute libre, le même posé sur une branche, et sur d'autres feuilles de papier le rapace était à terre, le cou tendu vers le ciel. C'étaient des représentations vivantes, extrêmement fidèles aux proportions et respectant la perspective, nourries de détails d'un grand réalisme, malgré un travail du trait minimaliste.

— Ils sont très beaux, Andreas. Tu es un observateur attentif.

Elle le rejoignit. Cette fois, la capuche de son sweat-shirt était baissée, les cheveux attachés dans la nuque. Les poignets restaient entravés, Teresa n'avait rien pu obtenir à cet égard.

Elle le fixait. Quand il s'en rendit compte, il en éprouva de la gêne.

— Excuse-moi, si je te regarde.

Elle prit le livre et le posa entre eux deux.

— Tu veux que je continue de te le lire ?

Il ne réagit pas, son visage demeurait impénétrable. Les mains restaient posées sur la table, les paumes entravées jointes l'une contre l'autre. Elle en éprouva une tendresse poignante et le besoin de dénouer les nœuds qui l'emprisonnaient, mais il lui fallait se plier à un compromis avec la réalité.

Elle désigna le livre.

— J'ai besoin d'un encouragement, Andreas. Sois gentil et fais-moi comprendre ce que tu désires, autrement je risquerais d'en conclure que tu ne veux pas de moi ici. Cela te convient d'écouter la suite de l'histoire du père et de l'enfant ?

Elle attendit patiemment, en comptant les secondes, qui devinrent des minutes. Et si tout cela était totalement inutile ? Si sa présence se révélait vraiment dénuée de sens ?

Elle n'était pas prête à le laisser filer, telle était la vérité. Ce contact lui servait, il lui permettait de se créer l'illusion de n'avoir pas conduit ce jeune homme dans une cage où il serait détenu pour toujours, qu'il subsistait un espoir de l'accompagner dans une vie nouvelle, pour qu'il ne finisse pas rongé par la solitude.

Mais Andreas ne faisait rien.

— Très bien, comme tu veux. Si cela ne t'ennuie pas, toutefois, je resterai ici jusqu'à la fin de l'entrevue. Je te tiendrai compagnie en silence.

Alors il tendit ses mains jointes et, du bout des doigts, poussa le livre vers elle. Un centimètre d'espace qui représentait un pont sur un océan.

Elle étira les siens et l'effleura brièvement.

— Je suis contente. Je suis très contente.

Elle se dépêcha de nettoyer ses lunettes de lecture pour masquer son émotion, et chercha la page marquée par un signet.

— Tu te souviens où nous en étions restés avant que j'aie dû m'en aller ? C'est une réflexion du père, autour d'eux le monde a changé. La forêt qu'ils connaissaient n'existe plus. (Elle s'arrêta, avant d'ajouter :) Comme la tienne, en un certain sens. Tu l'as perdue, mais elle n'a pas été détruite.

Elle s'éclaircit la voix et reprit la lecture là où elle l'avait interrompue.

— « Il était couché et écoutait le bruit des gouttes dans les bois. De la roche nue, par ici. Le froid et le silence. Les cendres du monde défunt emportées çà et là dans le vide sur les vents froids et profanes. Emportées au loin et dispersées et emportées encore plus loin. Toute chose coupée de son fondement. Sans support dans l'air chargé de cendre. Soutenue par un souffle, tremblante et brève. Si seulement mon cœur était de pierre. »

Elle le regarda et il lui sembla que sa respiration se faisait plus rapide, que son expression avait changé. Ce n'était qu'une ombre, mais c'était là. Elle appuya sa joue contre sa main.

— C'est ainsi que tu te sens ?

Elle n'avait pas formulé cette question en s'attendant à une réponse, mais cette réponse arriva néanmoins. Pendant un instant, le regard d'Andreas la quitta et se porta sur les dessins accrochés dans son dos. Un geste délibéré qui ressemblait à une invitation.

Elle se retourna, le regarda de nouveau. Elle jeta encore un œil aux dessins. Elle s'approcha pour les étudier. Elle en détacha deux et les changea de place. Elle fit de même avec deux autres. Elle intervertit encore leurs places, jusqu'à ce qu'elle comprenne.

Il y avait sur ces murs un récit que personne avant elle n'avait su voir. Elle recula de deux pas.

L'aigle prenait son envol depuis la branche et planait dans le vide avec de puissants coups d'aile, il montait vers le ciel, mais à la fin il se fracassait contre la fenêtre et tombait à terre, une aile repliée et blessée, l'autre encore déployée, comme pour tenter l'impossible. Après la fenêtre, Battaglia avait accroché le dernier dessin, celui du nid vide.

Le monde d'Andreas l'attendait, derrière la grille.

Elle chercha son regard.

— C'est comme cela ? C'est comme cela que tu te l'imagines ?

Le visage d'Andreas demeurait inexpressif, ainsi qu'ils s'étaient tous habitués à le voir, mais la lumière vacillait dans ses yeux. Ces reflets étaient peut-être des larmes ?

Elle prit sa chaise, l'emporta, la plaça sous la fenêtre, à peine plus qu'une cavité dans le mur, trop haute pour elle. Elle monta et l'ouvrit. Une rafale de vent la saisit et refroidit la pièce. Comme il était glacial, cet air qui soufflait du nord, et parfumé, cela promettait de la neige.

— Elle est encore là, ta maison t'attend. Tu la sens ?

Andreas tendit lui aussi la tête, à la recherche instinctive de cette trace olfactive. Quand il la trouva, il se leva. La chaise tomba, un aide-soignant ouvrit la porte pour contrôler, mais Battaglia l'arrêta d'un geste.

— Ton cœur n'est pas de pierre, Andreas. Il n'est pas de pierre, non. Écoute.

Debout sur la chaise, elle posa une main sur son cœur et l'invita à faire de même. — *Écoute*.

Il ne bougea pas.

— Allez, courage !

Dans son élan, elle mit un pied dans le vide, sans pour autant basculer au sol. Les bras d'Andreas la rattrapèrent, et la maintinrent dans cette posture.

Au milieu des hommes et des femmes qui firent irruption dans la pièce, du vacarme de leurs voix survoltées, du vent qui continuait de souffler, Battaglia ne sentit que ce cœur qui battait furieusement au-dessous d'elle, indifférent aux chaînes qui lui emprisonnaient le corps.

Dans le livre, il y avait un passage qui l'avait toujours touchée en profondeur. Ce passage parlait de l'obscurité de la nuit quand la Lune était invisible et d'un jour où le Soleil paraissait exilé et tournait autour de la Terre comme une mère endeuillée, avec une lanterne à la main.

Mais dehors la lune était naissante et la neige scintillait sur les cimes, elles se découpaient contre le bleu cobalt du ciel, et elle avait ce cœur puissant sous son visage, qui appelait la vie. Ce n'était pas le moment d'être une mère en deuil.

Elle osa le serrer contre elle un instant, se risquant à un unique moment de folie, complètement oublieuse de la confusion autour d'eux, oublieuse de l'animal qui habitait Andreas. Si son fils avait survécu, il aurait été aussi fort que lui, elle en était certaine. Et avec ce cœur-là, pur et sauvage.

Elle s'en détacha non sans réticence et lui donna avec délicatesse une petite tape sur le bras. Lui, avec la même délicatesse, la posa par terre.

On les sépara, mais ils s'étaient déjà trouvés.

19

Le lendemain, Battaglia se présenta au siège de la police des frontières accompagnée de Marini.

— Comment s'est déroulé le rendez-vous d'hier soir ? lui demanda-t-il, en fermant la voiture.

Elle vérifia que son journal était bien dans son sac. Elle se rendit compte que ce geste devenait obsessionnel, mais elle ne pouvait s'en passer. Ce journal finissait peu à peu par contenir sa vie, ses souvenirs, ses doutes, chaque événement de la journée. Il conservait tout ce qu'elle était, en plus d'un secret.

— Bien.

— « Bien », c'est tout ?

Elle décida de se divertir un peu.

— C'est vraiment un grand et beau garçon. Hors du commun. C'est le moins qu'on puisse dire.

Elle le vit froncer les sourcils. Apparemment, toute marque d'appréciation concernant un autre que lui-même attisait son esprit de compétition, ou réveillait son sentiment de ne pas être à la hauteur.

— Vraiment ?

Elle tenta de resta sérieuse.

— Oh, oui. Jamais rencontré une personne de ce genre de ma vie entière, et ce n'est pas juste une façon de parler.

— Agréable ?

Elle soupira, ferma les yeux un instant, songeuse.

— Agréable, nous sommes loin du compte, Marini. Il est magnétique. D'un magnétisme animal, j'entends. Une vigueur pas seulement physique…

— Très bien, j'ai compris.

L'inspecteur était écarlate. Elle décida de mettre un point final à la discussion.

— Peut-être un peu jeune, oui, mais c'est comme s'il avait vécu mille vies.

Maintenant, Marini semblait préoccupé.

— Jeune comment ?

J'ai un scoop pour toi, songea-t-elle.

— Comme toi, plus ou moins. Quelques années de plus.

— *Comme moi* ?

— Oh, Marini, avec ta façon de réagir, tu me fais me sentir vieille.

Ils étaient arrivés à l'accueil. Ils déclinèrent leur identité et attendirent d'être dirigés vers le contact qui allait les recevoir.

Alors qu'ils marchaient vers son bureau, elle put percevoir le raidissement de l'inspecteur, une certaine répugnance qui transpirait.

— Qu'y a-t-il ? lui demanda-t-elle à voix basse.

— *Comme moi* ? C'est le type du bouquin, c'est ça ?

— Le moribond, oui.

Ils n'eurent pas le temps d'échanger d'autres reparties. L'homologue de Teresa les accueillit à la porte, en les invitant à entrer. Les salutations d'usage furent vite expédiées.

Le commissaire Gianluca Magris avait quinze ans de moins qu'elle et un corps athlétique et vigoureux, c'était évident même à travers les vêtements. Le bronzage estival ne s'était pas encore effacé, mis en relief par le bleu des iris et la coupe courte des cheveux d'un blond foncé, juste à peine grisonnant aux tempes. Devant des collègues comme lui, Teresa se sentait prise en défaut, et se demandait dans quelle mesure le mental pouvait pallier, voire combler, le décalage physique; sauf que maintenant, son mental aussi s'essoufflait. Elle se posait la question de savoir si elle était encore en mesure d'accomplir son travail, sans pouvoir apporter de réponse.

— Après votre appel téléphonique, je me suis documenté, leur expliquait Magris. À l'époque, je n'étais pas affecté à ce service, mais j'ai tout de même travaillé à d'autres postes frontières, quoique moins problématiques. Cette région constituait une plaque tournante.

Elle était capable de le comprendre mieux que d'autres. L'histoire de sa famille était aussi un carrefour, son sang même comportait les traces de pas venus de loin, poussés par les vents de la guerre, sabre au clair.

— Les frontières sont des fractures, dit-elle.

Elles couraient sur la terre, fragmentaient le territoire.

Magris semblait s'intéresser à son journal, aux notes qu'elle prenait, mais elle eut alors un regard interrogateur qui le fit revenir vers elle.

— Oui, ce sont des coupures dans le tissu économique et social, sans parler de la dimension politique. Et on ne construit pas toujours des ponts qui enjambent de telles coupures.

Certainement pas. On érigeait des murs. Cette terre en avait supporté le poids.

— Que pouvez-vous nous dire des migrations des années quatre-vingt-dix sur la route des Balkans ?

— Comme vous le savez, il y a eu des migrations de masse provoquées par le conflit. En trois ans, un peu plus de trois millions de personnes ont été déplacées et, à la fin de la guerre, elles ne sont pas toutes retournées sur leur territoire d'origine, au contraire, beaucoup d'autres en sont parties. Dans cette zone, ici, ces migrations ont atteint un pic en 1996 et 1997. Les tensions provoquées par la question ethnique restaient fortes. Mes collègues qui se trouvaient déjà en fonction le long de la frontière m'ont raconté combien il était difficile de tranquilliser la population locale. Dans certains cas, les gens du coin ont organisé des rondes pour effrayer les réfugiés et les forcer à s'éloigner. S'il y avait des femmes et des enfants, cela se passait correctement, mais si les groupes de réfugiés étaient seulement composés d'hommes, alors la peur prenait le dessus. C'est compréhensible.

Elle cessa d'écrire.

— Des rondes ?

— Ils faisaient juste beaucoup de tapage, rien d'autre. Ils allumaient des lumières, actionnaient des mégaphones de stade de foot. Un moyen plutôt pacifique de signifier à ces malheureux d'avancer, d'aller plus loin sans s'arrêter ici, chez eux.

Teresa imagina ces réfugiés qui s'étaient enfoncés dans un bois inconnu, elle sentit sur sa peau leur peur de ces bruits agressifs, des lumières qui traquaient leur espérance en la repoussant, en l'éloignant.

— Et ces réactions impliquaient aussi les habitants des villages ? demanda-t-elle.

— Non, ne me faites pas dire ce que je n'ai pas dit. Il s'agissait de quelques éléments que leur peur poussait à réagir de la sorte, mais ils n'ont jamais vraiment créé de problèmes. La population était effarouchée, mais compréhensive. Elle s'est montrée accueillante.

— Quand la police intervenait-elle ?

— Comme cela lui arrive aujourd'hui. Sur la base d'un signalement, ou lors d'une tournée d'inspection. On identifie les personnes, on fait appel à un médiateur culturel. Si besoin est, nous accompagnons les réfugiés à l'hôpital pour une visite médicale, il leur faut souvent des soins, surtout à cause de blessures aux pieds. Certains arrivent dans un tel état d'épuisement.

— Rien de plus que des blessures aux pieds ? s'enquit-elle.

Son collègue n'esquiva pas.

— Non, pas seulement. Parfois, franchir une frontière de la sorte provoque des lésions d'un autre genre.

Il eut un geste éloquent de la main, pour mimer un coup.

Un silence s'abattit, impossible à combler par des paroles qui fassent vraiment sens. Teresa fit ce qu'elle put pour évacuer la toxicité de celles qui venaient d'être prononcées, en abordant le reste du processus.

— Ensuite les réfugiés demandeurs d'asile se présentaient et ils étaient dirigés vers une structure d'accueil.

— Exactement. Cela n'a pas beaucoup changé. À présent, nous disposons de moins d'hommes et de plus de technologie. Des drones, des capteurs de fréquence cardiaque…

Elle avait entendu parler de ces nouveaux équipements dont disposait la police des frontières. Les policiers débusquaient les réfugiés cachés dans les remorques des poids lourds en captant les battements du cœur.

— J'ai dit quelque chose qui vous a troublée, commissaire Battaglia ? Vous avez changé d'expression.

Magris la mettait à l'épreuve, depuis qu'elle était entrée, il l'observait. C'était un regard inquiet, mais il ne s'agissait pas seulement de ça. Cela concernait toute l'étendue de ce qu'il observait, en réalité : elle était certaine qu'il comptait ses battements de cil, qu'il repérait les tics nerveux invisibles pour d'autres, ses changements d'inflexion de voix, le langage silencieux de son corps, mais il n'était pas sournois au point de le cacher. Cet homme aimait parler clair. Il ne craignait pas de se dévoiler à elle et elle ne savait pas encore si cela aurait pu constituer matière à complications. Ou être l'indice d'un problème.

Elle ne se cacha pas non plus.

— Par déformation professionnelle, commissaire Magris, je suis habituée à me glisser dans la peau de l'autre, même de celui que je cherche à capturer.

Il la regarda avec encore plus d'intensité, presque comme s'il voulait lui retirer la peau du visage afin d'aller plus profond.

— Et donc, ces cœurs, quand je les évoque, vous les sentez battre, n'est-ce pas ?

Dans leur poitrine, terrifiés, oui, mais elle ne lui répondit rien.

— Les migrations par cette route ont-elles repris ? s'informa Marini, brisant ce moment où affleuraient trop de sentiments intimes.

Magris se redressa contre le dossier de son fauteuil, en jouant avec le stylo qu'il tenait entre les doigts.

— Elles n'ont jamais cessé et les données dont nous disposons attestent de ces chiffres en hausse. Au début, ces réfugiés fuyaient les guerres balkaniques, et maintenant ils viennent de beaucoup plus loin : cette route est désormais la seule pour rejoindre l'Europe du Nord, la destination finale de leur périple, mais le parcours devient chaque jour de plus en plus périlleux.

— À cause des contrôles ?

— D'une part, et à cause des agissements des organisations criminelles. Actuellement, presque cent mille personnes sont accueillies dans des centres pour réfugiés en Grèce, en Serbie, en Bosnie-Herzégovine, en Croatie et en Slovénie. Elles restent bloquées là des années, elles ne peuvent même pas revenir en arrière. Elles arrivent d'Irak, du Pakistan, de Syrie… Après des milliers de kilomètres, elles ont trouvé des frontières fermées et, si elles veulent continuer, il ne leur reste rien d'autre à faire que de s'en remettre aux trafiquants de vies humaines. Souvent, cela ne se termine pas bien.

— Qui était le responsable, ici, à l'époque qui nous intéresse ? s'enquit-elle.

— Le Dr Bruni. Il a pris sa retraite depuis quelques années.

Elle s'effleura la tête de la main.

— C'est juste, je l'ai connu.

Elle se fit passer le plan par Marini et, avec son stylo, elle y traça un cercle.

— Pourrions-nous avoir, je vous prie, un récapitulatif sur les groupes de réfugiés identifiés dans cette zone à l'hiver 1995-1996 ? Ils ne devaient pas être très nombreux. En réalité, dans cette région, je m'attends à ce qu'il n'y en ait eu qu'un seul, à propos duquel la presse locale a elle-même écrit : c'est arrivé dans la nuit du 31 octobre 1995.

— Par voie officieuse ?

— Officieuse, oui. (Elle éprouva le besoin de minimiser la chose.) Nous voulons juste nous faire une idée de la situation à l'époque, dans le cadre d'un contrôle relatif à une tout autre affaire.

— Je peux en connaître les détails ? Il serait plus facile de comprendre de quelle façon vous apporter ma collaboration.

— *De quelle façon* ?

— Je voulais dire, quel type de documents ressortir : interrogatoires, inspections, arrestations…

— Nous cherchons un migrant disparu cette nuit-là.

— Alors il suffit de saisir son nom dans la base de données.

— Je crains que ce ne soit pas si facile. Nous ne connaissons pas son nom. (Elle se leva.) Si je veux être tout à fait sincère, nous ne savons même pas s'il a vraiment existé.

Son collègue sourit et se leva.

— Je vous procurerai toutes les informations disponibles.

— Merci.

Il ne la laissa pas tout de suite repartir, il la rappela alors qu'elle sortait.

— Commissaire Battaglia ?

Elle attendit.

— Dans notre métier, nous sommes parfois contraints de refouler toute émotivité, pour appliquer la loi. Dans le manuel, les sentiments ne sont pas pris en compte, mais ici, nous n'oublions jamais qui nous sommes. Nous tentons de rester humains et de traiter les autres comme tels.

Elle le comprenait.

— Il m'est arrivé à moi aussi de devoir réprimer mes émotions, pour accomplir mon travail au mieux, lui répondit elle. Ce n'est pas une charge facile à supporter.

20

Dès qu'ils furent en voiture, Marini lui posa la question à laquelle ils pensaient tous les deux.

— Vous croyez que Magris nous aidera ?

— Qu'est-ce qui l'en empêcherait ?

En réalité, c'était à elle-même qu'elle posait cette question.

— Je ne sais pas. Il n'a rien dit, rien fait de mal, mais j'ai eu une sensation étrange. Il possède un self-control hors du commun. Si vous y réfléchissez, se retrouver en face d'un individu de ce genre, ça perturbe.

Cela ne te perturbe pas. Cela t'intimide, pensa-t-elle. Une peur instinctive et rationnelle, parce qu'il n'y avait aucun péril immédiat. Ce n'était pas le Moi qui était en proie à la confusion, mais l'inconscient qui, étant aveugle, se sentait désorienté par ce qui l'avait effleuré.

— C'est un territoire difficile, par ici, Marini, et qui requiert une certaine force. Sous les apparences, les fondements de cette terre s'appuient sur des déchirures compliquées à guérir.

Elle lui indiqua un point situé au-delà des collines verdoyantes.

— Tout là-bas, c'est Merna, un petit village slovène. En 1947, le cimetière a été divisé en deux à cause de la nouvelle frontière tracée par les Alliés. Cette frontière passait au-dessus des tombes, une folie. D'un côté, l'Italie, de l'autre, la Yougoslavie, les morts eux-mêmes ne savaient pas de quel côté rester. Il a fallu trente ans pour aboutir à une solution rationnelle, en redessinant le tracé frontalier le long du périmètre du cimetière. Cette même ville a été divisée par un mur physique, qui n'existait pas que sur les cartes. Et ensuite, tu crois qu'il est facile de voir arriver un beau jour des désespérés en sachant qu'il va falloir en renvoyer la majeure partie chez l'expéditeur ? de voir les gens se jeter d'un camion en pleine course pour t'échapper ?

— Je ne mets pas cela en doute, mais…

— Toi, tu arrives d'une grande ville et tu t'imagines que dans les petites, on n'affronte que de petits problèmes. Il n'en est rien. Ici, la terre est brûlante, et on n'y envoie que ceux qui sont en mesure de s'en occuper. J'ai jeté un œil au curriculum de Magris, avant de le rencontrer.

— Impressionnant ?

— À toi de me le dire. Lutte contre la criminalité et contre le trafic de stupéfiants, les NOCS, les Noyaux opérationnels centraux de sécurité. Il a collaboré avec le FBI et avec l'antiterrorisme israélien.

— C'est un dur.

— Et pas qu'un peu.

Marini démarra la voiture.

— Le problème avec les durs, commissaire, c'est de comprendre s'ils sont disposés à rester de votre côté, parce que si vous les avez contre vous, eh ben…

Elle ne pouvait lui donner tort. Elle mit un bonbon dans sa bouche.

— Alors espérons qu'il nous trouve sympathiques.

Le monde se balança comme dans un séisme silencieux. Elle s'agrippa à la portière. Elle sentit les bras de Marini la soutenir.

— C'est juste un vertige.

Mais sa vue s'obscurcit.

21

— Je ne me suis pas évanouie !

Elle ferma le robinet et attrapa un essuie-mains. Combien de fois lui faudrait-il le répéter ?

— Écoutez, j'étais là.

La voix ouatée de Marini lui parvint, derrière la porte de la salle de bains.

De sa salle de bains, de sa maison, pensa-t-elle, avec angoisse. Un territoire qu'elle s'était toujours souciée de défendre et de protéger, en le séparant de son métier. C'était un miroir bien trop révélateur. Et l'inspecteur ne semblait pas avoir l'intention de s'en aller.

— C'était juste un étourdissement, murmura-t-elle, en colère.

Elle entrouvrit la porte, risqua un œil à l'extérieur. Depuis qu'il avait insisté pour entrer chez elle, elle le surveillait. Elle ne le vit pas, ce qui l'inquiéta encore plus, sachant combien il était décidé à l'étudier dans les moindres détails.

Elle jeta la seringue d'insuline vide dans la poubelle, elle se recoiffa de la main et, avant de ressortir, elle se regarda dans la glace.

— Merde !

— Je vous ai entendue. Vous ne devriez pas jurer en permanence.

— Et c'est toi qui dis ça ?

Elle ouvrit complètement la porte, suivit le tintement des assiettes et le découvrit en cuisine, prêt à s'activer aux fourneaux. Il y avait sur le plan de travail un plat cuisiné congelé et l'huile d'olive crépitait dans une poêle.

— Qu'est-ce que tu fabriques ?

Marini prit le plat cuisiné et l'ouvrit.

— Comment faites-vous pour manger des trucs pareils ?

Il avait l'air dégoûté.

Elle allait le lui retirer des mains, mais il fut plus rapide et leva le bras vers le plafond.

— Je croyais que vous respectiez un régime rigoureux. À part les bonbons.

— Qu'est-ce qui t'amène à penser ça ? mon physique ?

— Votre maladie.

Elle décida de ne pas répliquer, elle se sentait fourbue et voulait juste qu'il débarrasse le plancher. Elle se versa un verre d'eau et l'engloutit d'un seul trait. Si seulement elle avait pu en faire autant avec cette espèce de fléau qui la dévisageait, avec ses manches de chemise retroussées et sa louche à la main. Il envahissait cette pièce – sa maison entière – d'une manière qu'il devait être incapable de comprendre, trop jeune qu'il était pour avoir connu le silence qui, à l'inverse, dès qu'elle refermait la porte de chez elle, permettait à Teresa d'entendre l'écho de chacun de ses gestes. Un silence qui n'incluait jamais aucune autre présence.

Elle se laissa tomber sur une chaise.

— Maintenant, inspecteur, tu peux t'en aller.

— Au meilleur moment ? Non. Comment pourrais-je me priver de ces… de ces gnocchis aux quatre fromages prêts en quelques minutes ?

Il avait dû en lire la composition. Il retourna le contenu du sachet dans la casserole et remua vigoureusement.

Il y avait un livre posé sur la chaise à côté de lui. Quand Teresa reconnut la couverture, elle se leva d'un bond pour s'en saisir.

— Si tu tiens vraiment à t'éterniser, je vais faire un peu d'ordre.

Cela le fit rire.

— Si je tiens vraiment à m'éterniser ? Eh bien, merci pour l'invitation. Du coup, je vais m'éterniser, rien que pour vous embêter.

Dans la pièce voisine, elle cacha discrètement le livre sur l'autogestion d'Alzheimer sous d'autres volumes. Elle se lança dans une chasse aux Post-it, ses petits pense-bêtes qu'elle avait commencé à disséminer dans son intérieur, comme autant d'indices sur elle-même ; elle en contrôla le contenu, en approuva la majeure partie, en réduisit quelques-uns en confettis qu'elle enfouit dans le feuillage des plantes.

Elle observa son intérieur, elle se sentait dépaysée, se demandant si sa maison ne risquait pas de la trahir. Pour la première fois depuis très longtemps, elle ne lui inspirait plus un sentiment de sécurité. C'était une sensation qu'elle avait éprouvée dans le passé, mais pour des motifs différents.

Ce n'était pas de l'apitoiement sur elle-même. Elle avait peur. Elle avait dû tant de fois se transformer pour survivre qu'elle avait du mal désormais à se souvenir de la jeune fille qu'elle était. Et pourtant cette jeune fille inquiète et confiante, sauvage et errante, existait encore en elle, nichée quelque part. Elle pouvait l'entendre gémir dans ses moments de sérénité. « Si tu es vivante, tu as peur », avait écrit Clarissa Pinkola Estés, invitant chacune d'entre nous à rejoindre la femme de chair et d'os qu'elle porte en elle, cette facette peut-être la moins belle et la plus effrayante, car la moins conventionnelle, mais pourtant authentique, la seule capable d'illuminer l'âme. Il est inutile de craindre l'obscurité dans laquelle a lieu la régénération qui suit la mort, il convient de résister avec persévérance, « parce que telle est la promesse de la nature sauvage : après l'hiver vient toujours le printemps ».

Teresa avait-elle été capable de résister ? Sa nouvelle incarnation était donc la seule apte à lui permettre de survivre ?

À présent, le destin lui imposait une nouvelle étape sur sa route, il lui demandait encore de se transformer ; mais cette fois quel serait le résultat ? Il se pouvait qu'il soit monstrueux. À chaque passage douloureux, elle avait perdu quelque chose, à chaque naufrage elle avait laissé se détacher un petit morceau de son âme, lâché un peu de lest afin de regagner la surface, et son corps s'était alourdi, comme s'il voulait compenser cette perte. Je reste au monde, entendait dire ce corps, en s'ancrant à la terre, alors qu'à l'intérieur tout équilibre se faisait plus délicat. Un corps si fragile qu'il grinçait dès que la vie soufflait un peu plus fort.

Elle ferma les yeux, se concentra sur sa respiration.

Ici et maintenant, se dit-elle. Elle resta présente, refusant que des pensées négatives l'entraînent au large.

Quand elle se sentit plus calme, elle pétrit avec vigueur un coussin, comme si elle serrait entre ses mains le cou de l'inspecteur, rien que pour évacuer le résidu d'angoisse. Puis elle retourna en cuisine.

Massimo avait disposé sur la table les napperons que Teresa n'avait jamais utilisés, avec ses serviettes en tissu, les couverts assortis, et il versait le contenu fumant de la casserole dans les assiettes.

— *Bon appétit*, dit-il en français.

Elle ne répondit pas, désormais résignée à cette situation qui lui imposait une confrontation qu'elle avait longtemps évitée. Non pas avec le garçon qui se trouvait assis devant elle, mais avec elle-même et avec la vie qui l'attendait. Se réfugier loin des rapports humains ne la guérirait pas. Elle prit place et soupira de soulagement quand ses os se posèrent, au repos. Marini prit une première fourchetée dans sa bouche, et mâcha avec prudence.

— C'est pas mal.

Il semblait content de lui, comme si tout le mérite lui revenait.

— Contre toute attente. C'est ce que je me suis dit, moi aussi.

Il était difficile pour l'un comme pour l'autre de combler ce silence chargé d'une intimité que ni l'un ni l'autre n'avaient prévue, et qui embrouillait leurs gestes et leurs pensées.

— Vous parlez du plat ? Parce que moi je faisais allusion à ce moment. C'est pas mauvais, hein ? (Il plaqua contre son front la main qui tenait sa fourchette et se mit à rire.) Je savais que vous ne répondriez rien. Vous croyez que je n'ai pas remarqué tous les petits mots collés un peu partout dans la maison ?

Elle s'arrêta de mâcher.

— Tu as passé ton temps à les lire, à lire mes pense-bêtes, pendant que j'étais dans la salle de bains ?

Elle était sûre, à peine entrée, d'avoir retiré en vitesse les plus compromettants, mais qui sait combien il en restait dont elle ne se souvenait pas, encore collés comme des ailes jaunes de papillon aux objets et aux murs. Il se rembrunit.

— Vous me croyez mal élevé ?

Non, il ne l'était pas, mais…

— La curiosité fait parfois oublier les bonnes manières, Marini.

— Mais elle ne fait pas oublier le respect. Pas dans mon cas, du moins.

Et alors, que voulait-il ?

— Et donc, tous ces Post-it, tu penses que c'est quoi ?

Il changea de position.

— Un peu votre manie du contrôle ? Disons même une forme extrême ? à un niveau obsessionnel compulsif ? (Il eut un geste de la main, comme s'il voulait balayer les mots qu'il venait de prononcer. Cathartique.) Pour moi, ce n'est pas un problème. Au contraire, maintenant, je comprends beaucoup de choses.

Elle posa sa fourchette et se laissa aller contre le dossier de sa chaise.

Et celui-ci devrait être mon meilleur limier, songea-t-elle. *Il devrait devenir commissaire de police, un enquêteur, et assurer ma succession.*

— À toi, on ne la fait pas, Marini.

— Écoutez, aujourd'hui j'ai assisté à un moment où vous étiez en difficulté. Cela s'arrête là, il ne s'est rien passé d'autre. Vous n'avez perdu aucune autorité à mes yeux, et je ne pense pas non plus que vous ne soyez pas en mesure de faire votre travail.

— Alors je me sens plus sereine.

Elle était incapable de dire si c'était plus du courage ou de l'ingénuité chez lui, ou s'il manquait totalement d'instinct de survie. À sa place, un supérieur hostile aurait pu détruire sa carrière pour beaucoup moins que cela, elle l'avait vécu dans sa chair.

Il ouvrit la bouche, il allait continuer, mais elle l'arrêta.

— Cela suffira comme ça, lui dit-elle, en débarrassant son couvert. Il vaut mieux que tu t'arrêtes là. Et mange, avant que tes gnocchis deviennent de la colle.

— Pourquoi m'avez-vous appelé, moi, commissaire ?

Elle empila son assiette et les couverts dans l'évier et fit couler l'eau. Elle était impatiente de prendre une douche et de s'allonger. Sa mère aurait dit de « remettre ses pauvres os à leur place ».

— Que veux-tu dire ?

— Parisi vous a aussi posé cette question : pourquoi m'avoir appelé moi, et pas lui, ou De Carli, pour vous accompagner chez les Leban ? Je ne sais pas moi, vous ne vouliez pas les déranger, et vous espériez au contraire me déranger, moi ? Pourquoi ?

Teresa se retourna.

— Parce que c'est toi l'inspecteur, Marini, pas eux. C'est toi qui un jour devras prendre les rênes d'une enquête qui sera entièrement tienne et mener une équipe. Cela ne dépendra pas de Parisi, ou de De Carli. Et jusqu'à cet instant, durant tout le temps où je resterai ta supérieure, je me servirai de chaque occasion pour t'éduquer, te mettre à l'épreuve, te soumettre au stress, te faire courir, te faire passer des nuits blanches, t'épuiser les yeux sur des rapports. Je veux que tu te sentes le cœur brisé devant une victime et qu'en même temps ton esprit reste lucide et affûté.

Il la fixa quelques instants du regard, sans battre des paupières.

— Rien que ça ?

— C'est tout. Rien que ça.

Le portable de Battaglia sonna.

— C'est la mère de Chiara. Mais termine ton assiette.

Elle passa au salon pour répondre, enfin allongée dans son canapé.

— Bonsoir, Giulia.

À l'autre bout de la ligne, elle entendit un chuchotement. Elle vérifia de nouveau le nom. Elle ne s'était pas trompée.

— Giulia ?

— Je voulais vous dire que c'était juste un rêve.

22

TERESA SE REDRESSA en position assise. À l'autre bout de la ligne, c'était Chiara.

— *Ciao*, mon trésor. Comment vas-tu ?

— Bien.

Cela ressemblait à un piaulement de tristesse.

— Bien ou pas trop mal ?

Le silence qui suivit ne plut pas au commissaire.

— Tu as décidé quand on jouerait de la musique ensemble ? lui demanda-t-elle.

— Non…

— Bon, d'accord, quand tu voudras.

— C'était juste un rêve. Je vous demande pardon.

La mère ne lui avait donc pas parlé de ce qu'ils avaient retrouvé. Teresa ne pouvait l'en blâmer.

— Tu n'as à t'excuser de rien, Chiara. Tu sais qu'aujourd'hui j'ai pensé à toi ?

— Ah oui ?

Elle pouvait imaginer les cils dorés battre d'étonnement.

— Oui, je pensais que tu étais vraiment forte.

Il y eut une brève hésitation.

— Dans le noir, rien ne pousse. Ils l'ont dit à maman.

Teresa sentit la colère monter en elle.

— Qui le lui a dit ?

— À son travail.

Une conversation entre adultes, entendue en cachette. Tant de douleur évitable, tant de déchirures à recoudre avec patience, dans le cours d'une vie.

Elle se cala contre les coussins.

— À dire vrai, Chiara, de merveilleuses créatures croissent dans le noir. Résistantes, extraordinaires. Dans le noir complet, j'entends, et pas dans la pénombre.

— Lesquelles ?

Une telle espérance. Teresa ne pouvait la décevoir.

— Le protée, par exemple. C'est un petit être aveugle, qui porte le nom d'un dieu. Il n'a même pas d'yeux : ils ne lui servent à rien, tant ses autres sens sont aiguisés. Il vit dans les profondeurs des grottes, où l'obscurité est d'un noir absolu. Toi, tu penses que tu es pâle, mais c'est parce que tu ne l'as encore jamais vu, lui.

— C'est affreux !

— Pas du tout. Le premier observateur scientifique qui est tombé sur un protée, il y a de ça quelques siècles, l'a appelé le Bébé du Dragon.

— Et qu'est-ce qu'il fait, le protée ?

— Il est heureux de barboter dans les eaux souterraines, mais la plupart du temps il reste sans bouger. Très longtemps, et je veux dire vraiment très, très longtemps.

— Combien de temps ?

— Les savants en ont observé un qui est resté immobile pendant deux mille cinq cent soixante-neuf jours d'affilée.

Cela fait sept années ! Un autre en a passé douze sans manger, uniquement parce qu'il n'en avait pas envie.

Elle l'entendit rire, enfin.

— Il n'était pas malade ?

— Si, de paresse.

— Pourtant, ils ne font rien de spécial.

— Mais tu plaisantes ! Essaie un peu, toi, alors. Quelle résistance il faut, quelle détermination étonnante. L'obscurité peut créer de grandes choses.

L'obscurité était capable d'éduquer de petits êtres dotés de puissantes capacités de perception, effrayantes, mais uniquement en apparence.

— Tu es d'accord ?

— Oui.

Quelque chose avait changé dans sa voix.

— Qui est là, avec toi, Chiara ?

— Papa.

— Passe-le-moi, s'il te plaît.

Elle entendit des bruissements, des paroles étouffées. Un *Papa !* plein de tristesse.

— Monsieur Leban, ne vous faites pas désirer.

À l'autre bout de la ligne, l'homme soupira.

— Je ne veux pas parler avec vous.

— Et donc vous m'envoyez votre fille ?

— Aujourd'hui, nous ne la retrouvions plus. Nous l'avons cherchée partout comme des fous. Vous vous rendez compte de la peur que nous avons eue ?

— Oui, je peux imaginer. Où était-elle ?

— Dehors, pour aller voir le coucher du soleil. Heureusement, il n'y avait pas assez de lumière pour lui faire du mal.

— Je suis navrée. Sincèrement.

— Elle n'était pas seule. Il y avait Pietro avec elle. Chiara l'avait vu par la fenêtre et elle était descendue le saluer. Ce vieil ivrogne m'a dit que vous lui aviez parlé, vous et votre collègue.

Elle pouvait sentir le son de la voix de l'homme lui griffer la joue qui était collée à l'appareil.

— C'est un problème ?

— Tout ce qui attire l'attention sur notre famille en est un. Je ne veux personne, ici. Et je ne veux pas de ce vieux bonhomme.

— Pourquoi lui en voulez-vous ?

— Mais qu'est-ce que vous en savez, vous, de ce que je ressens ? Vous savez peut-être ce qu'on éprouve à élever une fille sans pouvoir l'emmener au parc, à la lumière du jour ? sans pouvoir même la mettre à l'école ? Ou alors vous savez ce que ça fait de retrouver les pneus de sa voiture tailladés, quatre fois l'année dernière ? et de ne même plus compter les éraflures sur la carrosserie ?

— Je peux essayer de comprendre.

— Oh, arrêtez, s'il vous plaît !

Elle décida d'aller droit au but, avec le risque de voir se verrouiller cette porte qui s'entrouvrait enfin, fût-ce sous l'effet de la colère.

— J'ai une question à vous poser. La plainte contre X concernant ces pièges à mâchoire a été retirée dès le lendemain, par vous. Pourquoi, que craigniez-vous ?

— Giulia vous appelle à l'aide pour notre fille et vous enquêtez sur moi ?

— J'aime simplement comprendre le pourquoi des choses, monsieur Leban.

— Je paie déjà pour mes erreurs, commissaire, ne rendez pas tout encore plus lourd à supporter. Vous croyez que dans le village ils n'ont pas déjà commencé à causer ? La police enquête sur les Leban, disent-ils, allez savoir qui il aura escroqué, cette fois-ci, cette ordure de père.

— Vous avez escroqué quelqu'un ?

— Non. J'ai fait de mauvais investissements et j'ai tout perdu, en même temps que mes clients. Je restitue ce que je peux, petit à petit.

Elle se demanda comment, si Giulia était la seule des deux à travailler.

— Vous croyez que l'un de ces anciens clients rumine sa rancune à votre égard ?

— L'un de mes anciens clients ? Non, tous.

— Au point d'en arriver à empoisonner votre chat, à plusieurs reprises ?

Il ne répondit pas. Ce n'était même pas nécessaire.

— Monsieur Leban, je veux aider Chiara, et je veux aussi vous aider, vous et Giulia.

L'homme eut un rire feutré, mais il donnait l'impression de vouloir pleurer, ou hurler, ou les deux ensemble, et de détruire tout ce qu'il pourrait détruire.

— Alors laissez-nous en paix. Oubliez-nous. Faites en sorte qu'ils nous oublient tous. *C'était juste un rêve*.

Leban coupa la communication. Teresa resta le regard fixé sur son écran.

Elle se rendit compte de la présence de Marini seulement lorsqu'il lui tendit son propre portable. Elle regarda le nom de l'interlocuteur en attente. C'était Parri.

— Il semblerait vraiment que ce n'était pas juste un rêve, commissaire.

23

Battaglia avait décidé de solliciter aussi Parri. Le médecin légiste avait répondu avec enthousiasme à la demande d'aide de sa vieille amie. Il avait suffi d'un échange de plaisanteries pour qu'il entre en scène. Puis elle l'avait mis en garde, mais quoique conscient des risques, il avait aussitôt accepté.

— Je n'ai pas demandé l'ouverture d'une enquête, Antonio. Pas encore. Et je n'ai aucun mandat de magistrat, aucun acte de police judiciaire.

— On ne peut partir d'un simple doute, tu le sais. Les recherches officielles doivent tout de même s'appuyer sur un élément objectif, et je peux le trouver.

Les enveloppes contenant les pièces se trouvaient désormais entre ses mains. Ces traces latentes représentaient une énigme qui le passionnait. L'Institut de médecine légale était son terrain de jeu. Entre les salles d'autopsie, les laboratoires de toxicologie et les électrophorèses, lui si menu qu'il disparaissait presque dans sa blouse trop grande semblait voltiger plus que marcher.

Il avait étiqueté les traces relevées : Prélèvement 1 et Prélèvement 2.

— Deux formations pileuses – des cheveux –, affectées par autant de traces hématiques avec profil génétique mixte.

Il fit de la place afin que Teresa et Marini puissent chacun leur tour les observer au microscope. Elle s'installa devant une lentille et une lamelle avec ses lunettes de lecture, avant de finalement faire le point sur la pièce à conviction que Parri avait traitée. D'un signe de tête, il invita Marini à faire de même.

— « Mixte » signifie que du sang appartenant à des personnes différentes s'est mélangé, inspecteur.

— Oui, on me l'a expliqué.

— Maintenant je vais vous dire ce que j'ai pu constater, mais avec un avertissement préalable : j'ai dû travailler vite et l'inclusion dans la celloïdine a été réduite à une durée minimale de douze heures.

Elle n'était pas experte, mais cela faisait maintenant des années qu'elle suivait Parri dans ses examens de laboratoire et elle savait que s'il n'était pas absolument certain de la validité des résultats obtenus, il ne leur en aurait pas encore parlé.

— Continue, Antonio.

— Les cheveux ont une section ovale et le medulla, ou canal médullaire, est très petit, presque absent. Je dirais qu'ils sont cymotriques, typiques des diverses variantes caucasiennes européennes. Les traces hématiques appartiennent à deux individus de sexe différent. Le tracé est presque entièrement superposable, mais nous y travaillons encore. Il me faut quelques jours pour établir la comparaison.

— Deux individus, étroitement apparentés. Ça, je ne m'y attendais pas.

— Il s'agit de traces minimales, isoler et extraire l'ADN n'a pas été du tout facile. Je ne crois pas que l'on ait tué quelqu'un dans ce sac de couchage. On l'a peut-être mis dedans déjà mort.

— Ou il n'y a peut-être jamais eu de cadavre.

Ils se tournèrent tous les deux vers Marini.

— Rappelle-moi son nom, Teresa.

— Massimo Marini. Il est possible de remonter à l'âge ?

— Surtout, faites comme si je n'étais pas là, s'agaça l'inspecteur.

— Bien sûr, grâce à un nouveau test pour quantifier le niveau de sjTREC dans l'ADN total extrait. Le niveau de ces molécules diminue de manière constante avec la croissance. L'âge estimé présente un intervalle d'incertitude d'environ neuf ans. Si tu m'accordes un mois et une marge d'écart…

— Neuf années d'erreur ne m'aideraient pas. Le jeu n'en vaut pas la chandelle.

— Je crois néanmoins pouvoir t'aider.

Le sourire futé de Parri leur promettait d'autres merveilles qu'il allait sortir de son haut-de-forme de prestidigitateur, grâce à la magie de la science.

— Je retiens que les deux individus ont souffert de carences alimentaires, tout au moins la dernière année. Il m'a été possible de les repérer en observant la croissance de ces cheveux. La kératinisation est anormale, la tige présente des défauts structurels. Mais la chose vraiment intéressante est d'un autre ordre : j'ai relevé des lésions cuticulaires plutôt graves sur l'un des deux cheveux. La kératine est fortement entamée à la base. J'aurais besoin d'examiner les follicules pileux et l'épiderme du cuir chevelu pour en avoir la certitude, mais je peux déjà affirmer que j'ai vu des lésions analogues dans des cas avérés de *tinea capitis*. La teigne.

Teresa commençait à comprendre l'importance de cette révélation. Les liens entre ces maigres éléments apparaissaient maintenant de façon claire.

— Ce qui signifie ? demanda Marini.

Parri retira ses lunettes et les essuya sur sa chemise.

— La teigne du cuir chevelu, une mycose très contagieuse causée par un dermatophyte, un champignon qui se nourrit de kératine. En fait, j'ai trouvé des traces de desquamation cutanée entre les fibres du tissu.

— Je ne comprends toujours pas en quoi cela devrait nous renseigner davantage sur ce que nous cherchons.

— Ce que nous cherchons ?

Teresa ne supportait pas les approximations, en particulier quand elles touchaient à l'enfance.

— Nous cherchons un enfant, Marini. La teigne du cuir chevelu survient surtout à l'âge pédiatrique, elle devient beaucoup plus rare chez les adolescents et encore moins fréquente chez les adultes.

Elle toucha la pochette qui contenait le sac de couchage, avec dans sa tête des images claires de misère, de guerre, de peur.

— Sa transmission est favorisée par des conditions d'hygiène insuffisantes et par le surpeuplement.

Parri lui posa une main sur l'épaule.

— Comme dans les orphelinats.

— Ou dans les camps de réfugiés. (Teresa lui serra la main.) Merci.

— Il y a encore un autre petit détail. Le cheveu le plus long a la pointe effilochée, caractéristique que l'on observe habituellement sur les poils du thorax et des bras, à cause du frottement exercé par les vêtements.

Il attendit la réaction de Battaglia, les bras croisés et l'air satisfait.

Elle ne réussit pas à les regarder en face, ni Marini ni lui. Elle craignait de trahir son émotion.

— Le frottement d'un voile, ou d'un mouchoir, porté quotidiennement sur la tête pour couvrir les cheveux relevés.

Parri confirma l'hypothèse.

— Oui, comme chez les femmes de confession islamique.

— Mère et fille, sous-alimentées, malades, blessées. En fuite.

Quelqu'un frappa à la porte. De Carli entra en les saluant avec sa gaieté habituelle, mais s'immobilisa presque aussitôt, en les observant l'un après l'autre.

— J'arrive au mauvais moment ?

— Non, viens.

Battaglia tendit la main vers l'enveloppe que le policier tenait sous son bras.

— Pour moi ?

— Oui, je viens à peine de le recevoir de la police des frontières et de l'imprimer. Je savais que vous étiez ici, et je me suis dit…

— Tu as bien fait.

Elle ouvrit le dossier. C'était le rapport qu'elle avait demandé sur le signalement de réfugiés effectué à la frontière avec la Slovénie le 31 octobre 1995.

De Carli lui désigna un feuillet.

— Les fichiers étaient accompagnés d'une note du commissaire Magris. Il signale que les noms des demandeurs d'asile sont au nombre de onze, mais que malheureusement il y a seulement dix visages.

— Bon sang, qu'est-ce que cela signifie ?

— Qu'il manque une photographie. Elle devait être agrafée, et elle s'est perdue.

— C'est-à-dire qu'elle s'est perdue toute seule ? Il plaisante ?

— Il affirme ignorer comment cela a pu se produire.

24

— Comment ont-ils fait pour ne pas s'en rendre compte ?

Marini feuilletait et refeuilletait les pièces du dossier sans se résigner à cette erreur.

Battaglia ne répondit pas, elle continuait de mordiller les branches de ses lunettes de lecture. Elle avait fini ses bonbons.

Parisi avait arraché une page du bloc-notes et il était aux prises avec un origami.

— Il s'est écoulé plus de vingt années et la numérisation complète des archives demande qu'on lui consacre un temps dont jamais personne ne dispose. (Un œil fermé et l'autre ouvert, il examina le pli d'une des pointes de son origami.) Nous sommes à court de preuves.

De Carli fit glisser sur la table de la salle de réunion les sachets de sucre et d'édulcorant. Il était allé au distributeur automatique et avait rapporté du café pour tout le monde.

— À court de preuves ? J'ai dû louper quelque chose. Nous avons deux profils ADN.

Parisi peaufina un autre pli, en passant l'index dessus.

— Rien qui les relie à notre reconstitution des faits. Les traces hématiques sont minimales, attribuables à des blessures extrêmement légères. Je cite Parri.

Son collègue ne lâcha pas prise.

— Ou à un saignement résiduel post-mortem. Moi aussi, je cite Parri.

Marini était intervenu dans la discussion sans lever les yeux des documents. Ne s'accordant aucun répit, il s'escrimait à esquisser un scénario, fût-ce après autant de temps. La photo était perdue. On ne pouvait pas revenir en arrière.

— Quoi qu'il en soit, s'il y avait eu un enfant avec eux, les fiches devraient être au nombre de douze, avec ou sans photo. Dans ce groupe, c'étaient tous des hommes, aucune trace de la mère éventuelle.

Teresa les laissa discuter sans intervenir. C'était toujours un bon exercice d'endosser le rôle de l'avocat du diable, d'observer les faits du point de vue le moins confortable, celui que d'instinct on n'adopterait pas. Cela fonctionnait autant dans le travail que dans la vie.

— Commissaire Battaglia, je peux vous parler ?

Le commissaire principal venait de faire son entrée dans la pièce. Elle ignora les regards interdits des trois autres, se leva et le rejoignit dans le couloir.

— Teresa, que faites-vous ici ?

Paolo Ambrosini était son supérieur et un ami cher auquel elle était liée par l'expérience, l'estime et l'affection.

— On s'offre une petite distraction avant les congés de Noël, Paolo.

— Petite comment ?

— Euh...

— Y a-t-il quelque chose que tu aimerais me dire ? ou que tu devrais me dire ?

— J'ai reçu un appel téléphonique de la mère d'une fillette.

— Dois-je commencer à trembler ?

— La fillette a fait un rêve, mais elle est convaincue que cela concerne des événements qui se sont réellement produits. Elle soutient que dans le bois derrière sa maison, on a perdu un enfant.

— Perdu ? C'est-à-dire qu'il se serait perdu ?

— Enlevé, Paolo. Pour être exact, il aurait été enlevé par quelqu'un. Au début, la fillette parlait d'une tombe, mais dans ses rêves suivants, la tombe a disparu. Je crois que c'est seulement un symbole, c'est la tombe dans laquelle est enterré un secret, et pas une sépulture au sens littéral du terme.

Le commissaire principal la regarda, stupéfait.

— Des rêves ? Il n'y en a pas qu'un seul ? Tu restes évasive, ce qui n'est pas dans tes habitudes.

— Je m'en rends bien compte, mais je cherche moi aussi à me forger une idée précise.

Il l'étudia du regard, en lissant sa cravate.

— Tu cherches à éviter une procédure bureaucratique toujours lourde pour la famille, c'est cela que tu tentes de faire.

— Paolo, les enfants sont des éponges. Ils écoutent tout, tout le temps, même quand ils semblent absorbés par autre chose, et ils laissent plus tard ressurgir ce qu'ils ont appris, souvent sur un mode transformé et fantasmé, sans bien savoir pourquoi ils le font et où ils ont puisé cette information. Pour le moment, nous en sommes seulement à contrôler la réalité ou non d'une infraction pénale, selon la procédure usuelle de vérification. Avant de mettre en route le système et d'avertir qui de droit. Aucun empiètement sur les compétences des uns et des autres.

— Qui sont-ils et où habitent-ils ?

Elle se racla la gorge.

— Alessandro et Giulia Leban. Leur fille s'appelle Chiara, elle aura bientôt neuf ans.

— Où habitent-ils ?

Elle regarda vers le bout du couloir. C'est justement quand cela pouvait être utile que personne n'arrivait pour interrompre la conversation.

— Dans un petit village du Collio, près de la frontière.

— Le Collio ? Teresa, mais cela ne relève pas de notre compétence territoriale…

— Je sais. Je sais. Pourtant, c'est moi qu'ils sont venus chercher, Paolo. Je suis seulement en train de clarifier la situation, rien de plus. Si je repassais maintenant le problème à quelqu'un d'autre, il refermerait le dossier dans la minute. Une fois que j'aurai bien établi s'il faut ou non engager la procédure, alors nous avertirons les collègues dont c'est la compétence.

— D'accord. Si tu veux aller de l'avant, je te fais confiance. Mais procède avec prudence, je ne veux froisser personne. Ne pas entreprendre plus de démarches que nécessaire.

— Compris.

— Vous avez trouvé des éléments dignes d'intérêt ?

— Des informations éparses que nous ne sommes même pas en mesure de relier avec certitude à l'idée que je me suis faite de cette histoire et au récit de la fillette.

— Tu veux dire au rêve ? (Il lui sourit.) Pardonne-moi de vouloir être précis.

Elle ferma un instant les yeux, prise en défaut. Il lui fallait réfréner son élan, faute de quoi elle risquait de se laisser entraîner et de s'égarer.

— Tu fais bien. Cela m'est utile à moi aussi.

— Tiens-moi informé, et bonnes recherches.

— Je le prends comme une façon de me souhaiter bonne chance.

Il la salua en levant le bras, déjà en route vers une autre triste affaire à démêler.

— Ce n'est pas autre chose.

Elle regagna le bureau d'un pas devenu un peu plus las.

— Commissaire, il n'y a aucune trace d'un enfant retrouvé dans les circonstances décrites parmi les dossiers du tribunal pour mineurs. Ils viennent d'appeler il y a quelques instants.

— De Carli, venant de toi, il n'y a jamais de bonne nouvelle.

Le jeune homme fronça les sourcils, mais l'expression était moqueuse.

— Franchement, je ne crois pas être à ce point un oiseau de mauvais augure.

Parisi passa le doigt sur le pli final de son origami.

— Un oiseau tout court, alors ?

L'autre mima un « va te faire foutre ».

— Donc l'enfant aurait disparu et c'est tout, dans le brouillard au fond d'un bois ?

Marini venait de prononcer ces mots en ouvrant grand les bras, l'air découragé.

Parisi lui lança le volatile de papier fabriqué avec la page de son bloc-notes. Il volait vraiment.

— J'ai une mauvaise nouvelle pour toi, inspecteur. Les enfants, il en disparaît tous les jours, dans toutes les régions du monde.

Il avait visé à hauteur du cœur.

25

Inconsciemment, Parisi avait eu une intuition exceptionnelle, qui les avait incités à demander un entretien avec la Dr Russo.

Lavinia Russo était une psychologue qui travaillait pour la Région, où elle s'occupait de la coordination entre institutions dans le secteur des politiques sociales.

— La route des Balkans occidentaux n'a jamais disparu, au contraire, elle est sans cesse plus empruntée, et elle a fini par devenir la voie principale pour entrer en Europe. C'est dans la presse tous les jours, je ne pense pas que c'est pour avoir ce type d'information que vous souhaitiez me parler.

Lavinia était encore la femme raffinée, à l'esprit tranchant, dont Battaglia gardait le souvenir, une professionnelle reconnue et qui faisait autorité. Se confronter à elle, à quelque niveau que ce soit, requérait une certaine confiance en soi. Teresa soutint son regard clair sans ciller, ce même regard qui, à une époque, s'était montré affectueux, mais qui à cet instant semblait vouloir la tailler en pièces.

Elle prit son journal et l'ouvrit à une page vierge, se forçant à ignorer la perfection faite femme qu'elle avait devant elle. Avec elle, le temps avait été indulgent.

— Nous savons ce qu'en dit la presse, mais nous voulons aborder des aspects plus précis et parler des enfants migrants, des mères qui les accompagnent.

Lavinia sortit du tiroir de son bureau une cigarette électronique. Le jonc de brillants qu'elle portait au majeur scintillait. Elle avait à peine regardé le dossier que Magris avait transmis à Teresa.

— Des mères ? On en voit peu. Certains les appellent les « enfants de la brume », c'est assez révélateur. Ce sont des mineurs non accompagnés qui attendent que leur soit reconnu le droit à la protection internationale. Ils ne sont pas éligibles à l'adoption, ils ne peuvent être rapatriés, et ils n'en ont d'ailleurs aucune envie. Le plus souvent, personne ne les réclame. Vous êtes ici au sujet de l'un d'eux ?

— Peut-être. Nous ne le savons pas encore avec certitude.

Lavinia rit et alluma la cigarette. Elle aspira une longue bouffée. Une odeur douceâtre de cannelle et de caramel imprégna l'atmosphère du bureau qui donnait sur les quais de Trieste.

— Un disparu, alors. Bonne chance.

— Tu ne sembles pas étonnée.

— Je serais étonnée du contraire. Le phénomène migratoire relatif à la route des Balkans concerne un pourcentage alarmant de mineurs en détention qui ont disparu.

Marini faillit sursauter sur sa chaise.

— Si j'ai bien compris, des mineurs qui sont sous protection ?

Elle le toisa d'un œil courroucé.

— Vous avez bien compris, inspecteur.

— Cela signifie qu'ils étaient déjà pris en charge par les autorités compétentes ?

— Autorités compétentes, tuteurs temporaires, structures d'accueil… oui.

Marini se pencha vers Battaglia.

— Vous croyez que ce serait ça ?

— Je ne crois rien. Je cherche.

Lavinia se leva à moitié de son fauteuil et prit un volume sur l'étagère derrière elle.

— Le rapport de Missing Children Europe l'énonce clairement. Je vous livre seulement quelques données, les plus révélatrices. (Elle tourna les pages devant eux, jusqu'à ce qu'elle trouve celle qui l'intéressait, qu'elle leur mit sous les yeux.) Février 2016, Hongrie, pourcentage de mineurs migrants non accompagnés portés disparus après leur inscription sur les registres, quatre-vingt-quinze pour cent. En Slovénie, c'était de l'ordre de quatre-vingts. En Italie, ils disparaissent en général avant même d'avoir été identifiés. Interpol mentionne dix mille cas par an, mais selon des estimations plus exhaustives, ce serait beaucoup plus. (Elle regarda Teresa.) Dans un village de Suède, en un seul mois, il en est disparu mille.

— Mille enfants en un mois…

Marini prit le volume, il paraissait incapable d'y croire.

— Mais s'ils sont sous protection, comme s'y prennent-ils pour disparaître ?

— Comment s'y prennent-ils ? (Lavinia eut une grimace.) Un habile travail de persuasion. Dans certains cas, il s'agit d'éloignements volontaires, ces jeunes gens veulent rejoindre le Nord et s'y installer, mais soyons sérieux : où et comment des jeunes gens sans moyens ni expérience pourraient-ils y arriver ? Dans la majeure partie des cas, c'est le fait d'individus qui ont des intérêts à les déplacer et à les manipuler. Appelons la chose par son nom : il s'agit de trafic d'êtres humains. En général, cela touche les adolescents, mais ils arrivent toujours de plus en plus jeunes, il y en a même qui sont âgés de sept, huit ans. C'est facile, pour les plus petits, ils sont approchés par des trafiquants qui parlent leur langue. La route des Balkans est émaillée de nombreux cas de séparation familiale, souvent l'un de ces migrants partira tout seul. Cela touche les plus jeunes, ou les hommes les plus vigoureux. Les femmes restent dans leur pays d'origine, elles s'occupent des vieux. Elles préfèrent livrer leurs enfants au sort, plutôt que de les soumettre à un destin de misère. Une manne pour les criminels en quête d'une proie. Les enfants cherchent un guide, quelqu'un qui s'occupe d'eux, et ils se fient à ces individus… Mais ça, tu le sais mieux que moi, Teresa.

Elle le savait, ayant vu la chose se produire bien trop souvent dans son propre métier.

— Les enfants sont de parfaits croyants, murmura-t-elle. (Elle s'adressa à Marini :) Récemment, on a mené des expériences psychologiques sur des tout-petits. Elles ont permis de démontrer que l'être humain naît déjà capable de concevoir la présence d'une composante immatérielle de la vie. On a longtemps pensé que certaines attitudes étaient conditionnées par l'éducation religieuse. Ce n'est pas du tout cela. C'est une façon de tendre instinctivement vers l'absolu. En réalité, par la suite, l'éducation a tendance à gommer cette foi, à pousser sur le chemin du doute.

Une ombre de tristesse passa sur le visage savamment maquillé de Lavinia, ce qui la rendit un instant plus humaine.

— Les neurosciences nous l'apprennent, confirma celle-ci. Les enfants naissent parfaitement croyants et ensuite la vie se charge de les transformer en incroyants tout aussi parfaits. Une chance. Mais pour ce qui est de les sauver de leurs semblables, parfois, il est trop tard.

— Finalement, que deviennent-ils ? s'enquit Marini.

— Dans le meilleur des cas, ils finissent au Royaume-Uni et sont employés comme esclaves. Ils sont victimes de l'exploitation des mineurs : beaucoup de communautés de l'Est et du Moyen-Orient font travailler ces enfants dans des restaurants et dans le secteur manufacturier.

Ni Teresa ni Massimo n'eurent le cœur de la questionner sur le pire des cas.

Lavinia relâcha un nuage de fumée odorant.

— Alors, allez-vous me dire ou non ce que vous voulez ?

Battaglia se leva.

— Pour le moment, c'est tout, nous souhaitions nous constituer une idée globale. Tu nous as été utile. Merci pour ces informations et pour le temps que tu nous as consacré.

— Après trente années, tu n'as vraiment rien d'autre à me demander ?

Teresa eut alors l'impression qu'elle se référait à l'unique sujet qui avait pu les mettre en désaccord. *Lui*. Lavinia avait voulu la prendre par surprise, certaine de déceler un trouble dans la réponse physique instinctive de Teresa. Pourtant, il s'était écoulé du temps depuis son divorce, et elle avait appris à réagir aux provocations avec flegme.

— Non. Je ne désire rien savoir d'autre.

Elle se dirigea vers la porte.

— Il y a une erreur dans le rapport que vous m'avez montré.

Cette mise en garde lui fit faire volte-face.

Les doigts de Lavinia tapotèrent sur le plateau de son bureau. Les brillants luisirent de nouveau, mais cette fois leur lumière lui parut plus terne et le visage de sa vieille amie plus fatigué, sous l'épais maquillage.

— Anbar Imamović. À côté de son profil, il est mentionné « Adulte de sexe masculin ». Mais Anbar est un prénom arabe féminin, cela signifie « ambre ».

C'était le profil sans photo.

26

Qu'est-ce que cela coûte de revenir sur ses pas, de se tenir sur ses deux pieds devant quelqu'un qui nous a abandonné depuis longtemps, au moment le plus tragique, et de lui demander son aide ?

Battaglia en avait une idée plutôt précise, mais en cet instant, son Moi n'avait pas à être le fléau de la balance.

Finalement, elle la lui posa, cette autre question, à Lavinia, mais ce n'était pas celle à laquelle s'attendait la psychologue. Après plus de trente années de silence entre elles, elle lui demanda de retracer le cours du destin auquel avaient été confrontés les réfugiés, en cette lointaine dernière journée d'octobre.

Sans s'étonner davantage, Lavinia ne se déroba pas.

— Je pense que je te dois bien ça, après tout.

Cette concession fit se tourner Marini vers Teresa, qui, par ce geste mesuré – un mouvement de tête d'à peine deux petits centimètres –, dessina la courbe d'un point d'interrogation.

Lavinia prit le combiné en main et leur indiqua la porte.

— Vous pouvez attendre dehors.

Dans le couloir, Marini se retourna plusieurs fois vers Battaglia, l'air d'une âme en peine, avant de lui poser sa question.

— Cette femme, qui est-ce, en réalité ?

Le commissaire s'assit dans un petit fauteuil réservé aux visiteurs qui devaient patienter. Le chauffage rendait l'atmosphère étouffante, dans tout le bâtiment. Elle retira sa veste et la roula en boule sur ses genoux.

— Une amie que je n'avais plus revue et à qui je n'avais plus parlé depuis pas mal de temps.

— Eh bien moi, par chance, je n'ai pas d'amis qui me regardent de cette manière.

— Elle nous aide. Elle n'était pas tenue de le faire.

— Sur le moment, j'ai cru qu'elle allait nous flanquer à la porte.

Teresa passa un doigt sur la couture de son col. Un point avait sauté, un accroc, comme entre Lavinia et elle. Cela suffisait pour en interrompre la continuité, mais au bout du compte, tout le reste avait tenu, sans se démanteler.

— Jamais elle n'aurait fait cela.

Il s'assit lui aussi. Il semblait si petit, ce siège.

— Pourquoi a-t-elle précisé qu'elle vous le devait bien, après tout ?

Le commissaire lâcha un petit rire. Elle s'attendait à cette question depuis le moment où Lavinia avait prononcé cette repartie. Teresa allait se dérober, ou tout raconter, ou alors ne lui révéler qu'une partie de la chose. Peut-être aussi lui mentir, c'était son droit. Pourtant, il s'agissait d'un secret si misérable qu'il ne méritait pas tant d'efforts.

— J'ai frappé à sa porte à un moment de grande nécessité. Elle ne me l'a pas ouverte.

Inconsciemment, sa main était descendue à son ventre, et elle le caressait. Quand elle s'en rendit compte, elle étendit les doigts qui vinrent lisser son écharpe.

Marini se tut, il avait peut-être perçu le chagrin qui accompagnait cet aveu. Il se leva.

— Je vais chercher un distributeur de boissons. J'ai la gorge sèche, avec cette chaleur. Vous voulez quelque chose ? (Il se pencha, le regard inquisiteur.) Commissaire, vous voulez quelque chose ?

— Non, merci.

Pendant un instant, elle s'était replongée dans le passé.

Quand Lavinia les rappela dans le bureau, il s'était écoulé un peu plus d'une heure. Le délai d'usage pour manifester son pouvoir et sa détermination. Son nom ouvrait des portes et pliait des volontés.

D'un geste sec de la main, elle les invita à s'asseoir et alla droit au but, sans circonlocutions.

— La procédure suivie était la procédure habituelle, mais le système de protection internationale n'a pas pu se déployer à temps : quelques jours après, les réfugiés auxquels vous vous intéressez tant se sont échappés de la structure d'accueil à laquelle ils avaient été confiés.

Il importait au commissaire de connaître le destin de l'un d'eux.

— La femme ?

— Il n'y avait aucune femme parmi les personnes accueillies. Où a-t-elle fini et y en a-t-il jamais eu une, je ne saurais te le dire. J'imagine qu'il te revient de clarifier cet aspect. Le responsable de la structure est mort il y a huit ans et le foyer d'accueil est resté fermé depuis ce jour. (Elle ouvrit un tiroir, y lâcha la cigarette électronique et en sortit un paquet de Dunhill divisé en deux. Les ongles vernis couleur prune faisaient penser à des pierres précieuses.) On m'a confirmé que les dossiers ouverts pour ces personnes ne contiennent pas d'empreintes digitales que l'on puisse vous procurer pour comparaison. À l'époque, on ne les relevait pas toujours.

Lavinia ouvrit la fenêtre. L'air glacial apporta un peu de soulagement à Battaglia. Tout comme la sécheresse d'attitude de Lavinia, le froid était capable d'atténuer les mouvements intérieurs préjudiciables à sa sérénité. Leur interlocutrice alluma sa cigarette et tira une longue bouffée.

— Quelle saleté, les cigarettes électroniques.

Puis elle ajouta quelques mots, assise sur le rebord, ses hanches fines à peine appuyées dessus, les yeux tournés vers l'horizon chargé de tempête.

— Ma tâche s'achève ici. Ne reviens pas, Teresa, à moins que tu puisses produire une ordonnance de magistrat.

27

— Il est temps de rendre cette enquête officielle.

Marini avait parlé en scrutant la mer. Teresa avait l'impression qu'il tentait d'adoucir le ton, comme l'avait fait Lavinia peu de temps auparavant. *Ils me traitent avec condescendance*, songea-t-elle. Ou peut-être était-ce elle qui devenait paranoïaque. Après tout, le délire paranoïaque figurait parmi les symptômes de la démence.

Ils étaient assis sur un banc du front de mer de Trieste, emmitouflés contre le vent qui menaçait de se transformer en bora, et ils mangeaient une friture de poisson dans des cornets de papier encore chauds. Au loin, la silhouette noire d'un navire-citerne formait une tache de contraste dans un tableau aux tons tamisés. La petite Vienne sur la mer s'était illuminée, le massif du Carso resplendissait sous une dernière lumière opalescente.

Elle posa son repas tardif sur le banc et se nettoya les mains avec un mouchoir en papier.

— Il est temps de procéder de manière encore plus discrète et prudente. Entendu ?

Il répondit en mâchant.

— Exact, parce que nous n'avons pas d'éléments.

Il chercha un mouchoir qu'il ne réussissait pas à trouver. Elle lui tendit l'un des siens.

Marini se trompait, ils en avaient, des éléments, et pas n'importe lesquels, mais très dangereux à manier. Un rapport officiel qui contenait une erreur d'identité potentiellement fatale, une photo manquante qui n'aurait pas dû se perdre, un sac de couchage avec des traces biologiques d'un enfant qui semblait avoir disparu dans le néant et qu'ils avaient trouvé exactement là où Chiara leur avait suggéré de chercher : au carrefour d'une route devenue un axe du trafic d'êtres humains.

Mais pour relier ces découvertes récentes aux événements de ce lointain 31 octobre 1995, Teresa allait devoir ouvrir une brèche dans les relations entre des commissariats centraux, et cela pouvait l'entraîner très loin, au fond : quelqu'un n'avait pas fait correctement son travail. Elle allait faire peser le soupçon sur un collègue qui, peut-être, après tout ce temps, ne pourrait même pas se défendre.

Elle lâcha un juron.

— Ils se sont trompés dans la mention du sexe, c'est honteux !

Elle était incapable d'avaler cela. Marini pêcha avec le cure-dents un anneau de calamar dans le cône de papier huileux. Un parfum de pâte à frire et de citron s'en échappa, qui ramena aux années heureuses de son enfance, aux longs étés passés à la mer. Une image à l'opposé de la bourrasque qui se levait.

— Vous n'arrivez pas à surmonter la chose parce que tout au fond de vous, vous pensez qu'il ne s'agit pas d'une erreur, c'est ça ?

Elle ne répondit rien, ouvrit pour la énième fois le dossier qu'elle tenait sur ses genoux. Elle passa un doigt sur le feuillet photocopié, dans le cadre vide où aurait dû figurer la reproduction d'un visage. Un espace blanc, comme une page d'histoire qu'elle ne réussissait pas à écrire.

Le vent virait à la tempête, les vagues se brisaient contre le môle avec la violence de gifles. Ce n'était même pas un temps pour les mouettes, qui avaient déserté le ciel. Des gouttes mousseuses d'eau salée tachaient de sombre les mots et le nom d'Anbar, la femme qui avait été biffée volontairement ou du fait de la négligence d'un fonctionnaire qui resterait sans doute anonyme à jamais. Rien ne disait que celui ou celle qui entrait dans l'ordinateur les procès-verbaux et les comptes rendus des visites de police se trouvait alors sur le terrain, et on était presque certain que ce n'était pas le cas du signataire. Inévitablement, la chaîne de contrôle s'était rompue.

Elle regarda les photocopies des autres fiches d'état civil. Les visages obscurcis de ces jeunes, aux traits accentués par l'encre en un clair-obscur qui les rendait peut-être plus graves qu'ils ne l'étaient en réalité, défilèrent l'un après l'autre.

— Nous pourrons rechercher le médiateur culturel qui est intervenu cette maudite nuit. C'est la dernière chose qu'il nous reste à tenter, et ensuite nous devrons nous en tenir là.

Marini se rinça la bouche et roula le sachet en boule.

— Si vous y étiez contrainte, vous réussiriez vraiment à vous en tenir là, à ne plus y penser ?

Elle n'en était pas sûre et ce doute l'inquiétait. Dans sa profession elle avait toujours su doser passion et raison. Comme dans les mariages les plus hardis et les plus réussis, il s'en fallait souvent d'un petit gramme. Depuis quelque temps, cet équilibre basculait, de manière inattendue. Elle suspectait que c'était sa confrontation avec la maladie qui faisait sauter ainsi toutes les règles.

Ce n'était encore que l'après-midi, mais d'ici peu le soleil serait couché. Elle devait décider comment répondre à cette question : comptait-elle mettre en jeu sa réputation et entamer une guerre, sur des propos tenus par une fillette ?

Elle jeta son cornet dans une poubelle et se leva.

— Qui sait combien ils seraient, dans notre situation, à laisser tomber et à laisser un enfant se faire enlever.

Un signal sonore indiqua l'arrivée d'un message dans le téléphone de Teresa. Celui de Marini sonna aussi, et il le lisait déjà.

— De Carli a téléchargé une vidéo en tchat partagé.

Ils la regardèrent ensemble. C'était un extrait d'un reportage diffusé le 1er novembre 1995 dans un journal régional. Des couleurs éteintes, en basse définition, coiffures et vêtements rétros.

Marini monta le volume.

La présentatrice résumait l'information en ces termes : les habitants des lieux avaient signalé des présences inquiétantes dans le bois, la nuit précédente, inondant le central au 113 d'appels épouvantés. Le correspondant sur place interviewait un homme qui confirmait avoir observé « des lumières étranges qui dansaient » entre les arbres, l'invitant à surmonter sa timidité et à raconter ce qu'il avait vu. Il le présenta exactement en ces termes : un « témoin oculaire ». L'homme ne semblait pourtant pas avoir envie d'accéder à sa requête et minimisait les faits, en tenant des propos hésitants et contraints.

La vidéo s'acheva peu après, mais cela suffisait.

Marini glissa son téléphone dans sa poche et prit les clefs de la voiture.

— Nous avons un témoin à entendre.

28

Le vieux Pietro était beaucoup plus jeune, dans ce reportage, mais c'était tout de même bien lui, avec son menton fuyant à la Popeye, son sweat-shirt en polaire vert forêt et son pantalon façon chasseur. Un peu plus de cheveux, un sourire moins engageant.

— Il nous a menti. Comment pourrions-nous lui faire confiance ?

Comme toujours, Marini était lapidaire. Battaglia, plus ouverte aux possibles. Il conduisait, les mains fermes sur le volant. Elle regardait le paysage. Le soleil rougeâtre faisait briller les vignes d'une couleur cuivrée, mais à l'ouest les nuages épais et plats lançaient un assaut inexorable.

— Encore du brouillard, dit-il.

— Ça reste dégagé.

— Attends et tu vas voir.

— Ça ne me plaît pas de rouler dans le brouillard.

— C'est la métaphore de la vie. Tu vas devoir t'habituer.

La maison de Pietro était aussi petite que lui et entourée de vignes couleur de rouille. L'une et les autres aussi vieilles que le propriétaire, et tout aussi négligées. Des grappes de raisin desséchées que personne n'avait pris la peine de ramasser pendaient dans les rangs. Le parfum sucré qu'elles avaient dû répandre, leur manière de rappeler qu'il fallait se dépêcher de les cueillir, n'était plus qu'un souffle acide qui parvenait à Teresa par brefs effluves évanescents. Beaucoup de raisins étaient morts encore verts, les ceps n'avaient pas été suffisamment dépouillés de leurs feuilles pour être offerts aux rayons du soleil.

La Vespa était garée devant l'entrée, au milieu d'un bric-à-brac de saletés, mais tous les volets étaient fermés.

Battaglia sonna.

— La sonnette ne fonctionne pas.

Ils l'appelèrent à plusieurs reprises.

— Je vais jeter un coup d'œil derrière.

Marini fonça, peut-être fatigué de suivre une idée qui ne le convainquait pas du tout. Teresa fit quelques pas, contourna le garage. Elle atteignit un enclos avec trois niches pour chiens, seulement occupées désormais par des feuilles mortes. Les colliers et les laisses suspendus au grillages étaient rongés. Elle imagina des chiens de chasse excités quand leur maître ouvrait le portail ; il y avait de cela une éternité, à en juger par l'état d'abandon des lieux.

Où étaient les enfants ? Où étaient les petits-enfants ? Il n'y en avait peut-être jamais eu. C'était son propre avenir que contemplait Teresa.

Le bourdonnement des mouches se fit insistant autour des bidons en fer-blanc remplis d'immondices, dans l'herbe haute et jaunie. Pris d'un mouvement de gêne, elle détourna le regard de ces déchets évoquant un corps mal en point qui ne parvenait plus à se contrôler, mais aussi une sénilité marcescente qui répandait ses miasmes. Elle ramassa le couvercle pour le remettre en place.

— Il y a un cabanon, plus bas.

Marini la fit sursauter. Le couvercle lui échappa des mains et tomba avec grand fracas, faisant sursauter à son tour l'inspecteur.

— Oh, merde, Marini !

Il avait porté une main à son cœur.

— Vous allez me provoquer un infarctus.

— Reste toujours à vue, avec un collègue. Cela pourrait t'éviter une balle dans ta tête de lard.

— Excusez-moi. Vous voulez contrôler l'intérieur du cabanon ?

Elle se tourna vers la cahute en bois grisé. Le toit formait une silhouette pointue. Le crépuscule les avait rattrapés. Les ombres s'étaient levées de terre. Marini alluma sa lampe torche.

Ils avancèrent entre les basses branches noires des arbres fruitiers. Le brouillard avait poussé jusqu'à la vigne et l'avait éclipsée. Le soleil couchant s'était éteint, après avoir irradié les roses les plus chauds. Ils appelèrent de nouveau Pietro.

— Et pourtant il doit être ici, quelque part.

— Il se peut que quelqu'un soit venu le chercher.

Elle en doutait. Cet endroit ne semblait pas recevoir beaucoup de visiteurs. Il lui inspirait une profonde tristesse, le calvaire d'une existence négligée.

— Pauvre vieux.

Marini regardait à travers la fenêtre du cabanon, les mains en visière devant les yeux, la lampe torche maintenue par le pouce.

— Devinez ce qu'il y a là-dedans.

— Des pièges à mâchoire.

— Comment avez-vous fait… ? *Merde*. Surtout, ne bougez pas.

— Je ne bouge pas, mais toi dépêche-toi.

— Oui, mais je fais quoi ?

— N'importe quoi.

Le pied du commissaire était à l'intérieur d'un cercle de fer rouillé. Au milieu des touffes d'herbe, les dents de scie n'attendaient qu'une infime sollicitation pour se déclencher et lui trancher le tibia.

Marini se baissa avec prudence pour examiner le piège.

— Il est beau et gros, mais assez rouillé. Si vous soulevez le pied, ça suffira peut-être.

— Je crois que je l'ai posé sur la plaque.

— Il aurait déjà dû se déclencher.

— Tu ne me rassures pas.

Il retira en vitesse son manteau et son écharpe et les lui enroula autour de la jambe.

— Maintenant appuyez-vous sur moi. Je compte jusqu'à trois. À trois, vous retirez le pied le plus vite possible. Un…

Elle le retira. Rien ne se produisit.

— J'avais dit à trois.

Elle se redressa sur ses deux pieds, la respiration un peu oppressée, et ils examinèrent le mécanisme.

— Vous pensez à ce que je pense ?

— C'est probable, Sherlock.

29

— Qui est là ? C'est une propriété privée, ici.

Marini éclaira la silhouette branlante qui se dirigeait vers eux. Le vieux brandissait un bâton et paraissait avoir l'intention de s'en servir.

— Je suis le commissaire Teresa Battaglia, Pietro. Je te cherchais.

Quand il les reconnut, Pietro abaissa sa branche dégrossie.

— Ah, c'est toi. La policière.

Ils s'approchèrent de lui. Teresa était contente de le voir bien habillé, le cheveu coiffé. Ses habits sentaient le propre.

— Nous t'appelons depuis un bon moment.

Il tapota du doigt sur son oreille.

— Si je n'ai pas l'appareil, je n'entends rien.

Elle indiqua le piège à quelques pas de là.

— Pieri, c'est un piège à mâchoire. Et il y en a d'autres dans le cabanon.

Il sourit, les lèvres plissées. Il n'avait pas mis son dentier.

— Oui.

— Ils sont à toi.

Le sourire découvrit les gencives vides.

— Eh oui.

Elle éprouva une sensation qu'elle connaissait bien, mais qu'elle chercha à refouler au fond d'elle-même, là d'où elle émanait. Les yeux du vieux avaient-ils toujours été aussi noirs ? D'un noir qui engloutissait presque la sclère, sans laisser de place à rien d'autre. Deux trous noirs. C'étaient des yeux que l'on aurait pu qualifier d'« ancestraux ».

— Je suis obligée de te poser la question, Pieri.

— Dis-moi.

— C'est toi qui as posé les pièges à mâchoire autour de la maison des Leban ? qui as empoisonné leur chat ?

Le vieux ricana, courbé. Il lui tourna le dos.

— On m'attend pour ma partie de briscola.

— Tu m'as dit que personne ne voulait jouer avec toi.

— J'arrive toujours à convaincre quelqu'un.

— Pieri !

Ils le suivirent jusqu'à la Vespa. Il s'installa en selle, sorti une casquette en laine de sa poche et se l'enfonça sur la tête.

— Pieri, c'était toi ?

Il mit le moteur en marche. La lumière du phare troua le brouillard, l'obscurité, transperça Teresa.

Il posa les mains sur le guidon.

— Qu'est-ce que tu as vu cette nuit-là, il y a vingt ans ? Ces lumières dans le bois. Tu étais là. Tu sais ce que c'était.

L'homme braqua sur elle ces yeux si noirs, et finalement Teresa se remémora cette citation que lui avait inspirée le regard de Pietro, il y a peu, à propos des yeux ancestraux, ces mots qui décrivaient à la perfection l'anéantissement de l'être humain.

C'étaient les yeux du requin. Le cercle sombre des pupilles. Les bulbes oculaires, deux billes brillantes.

Ils le laissèrent filer, sans pouvoir rien tenter.

— Nous le poursuivons ?

La question de Marini était de pure forme et ne semblait pas appeler de réponse.

— À cet âge ? Nous le suivons, simplement, pour s'assurer qu'il n'aille pas se fracasser quelque part. Demain, nous enverrons quelqu'un nettoyer son pré de ces pièges. Ils sont dangereux pour lui aussi.

Ils montèrent en voiture et reprirent la même route en sens inverse. Ils réussirent à rester derrière lui, non sans mal. Il ne formait plus qu'un petit point rouge qui oscillait dans les vapeurs de la brume.

Teresa répondit à un appel : c'était De Carli.

— Attends. Elle activa le haut-parleur. Vas-y, parle.

— Nous avons retrouvé la médiatrice culturelle, commissaire. À l'époque, c'était une jeune fille à peine diplômée, et il s'agissait de l'un de ses premiers postes. Il lui a fallu un peu de temps pour réfléchir, mais ensuite elle m'a semblé sûre d'elle : elle dit avoir certes été contactée par la police des frontières, mais ensuite la demande a été retirée parce qu'un des réfugiés parlait bien l'italien et pouvait servir d'interprète.

Teresa était déçue, mais pas étonnée.

— C'était peut-être le passeur. Cela expliquerait comment ils ont ensuite pu réussir à disparaître tous ensemble.

— Je suis navré, commissaire. Il n'y a rien de plus.

— Très bien, de toute façon, nous arrivons. Merci.

Elle mit fin à l'appel. Le ciel s'était mué en un rideau sombre, les phares réussissaient à peine à atteindre les arbres de part et d'autre de la route, jetant une lumière spectrale. Teresa gardait les yeux rivés sur la ligne médiane, qu'elle discernait à peine.

— Le monde a définitivement disparu, murmura Marini.

Le petit point rouge de la Vespa de Pietro avait aussi disparu. Elle approcha le visage du pare-brise.

— Ce vieux fou va mal finir, s'il ne se calme pas.

— J'essaie de le rattraper.

— Non, laisse tomber. Essayons plutôt de rentrer à la maison sains et saufs, au moins en ce qui nous concerne.

— Alors, ne nous portez pas malheur. Ce n'est pas la soirée.

Ils s'engagèrent dans un virage au pas, guidés seulement par le bandeau d'asphalte qui se déroulait devant eux, mètre après mètre.

— Qu'est-ce que c'est, cette lumière ?

Marini indiqua un rayon lumineux plus loin, devant eux, dans l'obscurité de la végétation. Le faisceau pointait droit vers le ciel, en trouant la blancheur du brouillard sur quelques mètres. Sur la route, les phares d'une voiture arrêtée.

— Qu'est-ce que je viens de dire au sujet du malheur ? C'est un accident.

30

Ils se garèrent en lieu sûr, feux de détresse allumés. Un homme vint vers eux armé d'une lampe torche, le faisceau éclairait les gouttes flottantes qui se déplaçaient tel un vent très lent. Teresa le reconnut, non sans difficulté, sous la capuche de la parka.

— Commissaire Magris ?

Il la scruta d'un air renfrogné, la peau mouillée.

— Teresa Battaglia. (Il se rendit compte de la présence de Marini derrière elle.) Que faites-vous ici ? (Il désigna le ravin d'où montait le faisceau de lumière.) Il y a eu un accident. Je l'ai vu valdinguer tout en bas. J'ai déjà appelé les secours.

À cet instant, Battaglia comprit quelle était l'origine de la colonne lumineuse : le phare d'une Vespa, pointé vers le ciel noir.

— Pietro…

— Je descends voir, attendez ici.

Marini enjamba la glissière de sécurité et Magris le suivit. De très longues minutes s'écoulèrent durant lesquelles

Teresa resta immobile au milieu de la chaussée, impuissante. Si elle était descendue elle aussi, elle n'aurait été qu'un poids supplémentaire à remonter jusqu'en haut. Rien ne la pétrifiait davantage que cette perspective.

Quand Marini ressurgit de l'obscurité, il avait le visage sombre.

— Notre témoin a la nuque brisée, lui dit-il à voix basse. Conclusion : nous n'avons plus de témoin.

Il pouvait parfois se montrer cynique.

— Nom de Dieu, Marini, tu en as vu tant que ça, des nuques brisées, pour pouvoir nous gratifier d'un diagnostic en cinq minutes ? Passe-moi la lampe.

— Alors je vais le formuler autrement : il a la nuque à quatre-vingt-dix degrés. Voyez un peu par vous-même.

Elle examina l'asphalte, du dernier virage jusqu'à l'endroit où l'herbe était écrasée et la terre raclée. De là, Pietro avait décollé vers une autre vie, quelle qu'en soit la nature.

— Il n'a même pas essayé de freiner.

Magris déboucha de la végétation et confirma son constat.

— Il a volé tout droit le long du talus. Je l'ai vu filer devant moi.

Teresa braqua la lampe sur lui, en veillant à ne pas lui mettre le faisceau dans les yeux.

— Vous alliez chez lui ? lui demanda-t-elle.

— Que dites-vous ?

Elle désigna la route d'un geste de la main.

— Je n'ai pas aperçu de maisons en descendant par ici. Vous vous rendiez chez la victime ? Vous connaissiez Pietro Arturo ?

Magris plissa les yeux, la tête penchée.

— Tout le monde le connaît. Braconnier depuis toujours et pendant une bonne partie de sa vie trafiquant de cigarettes importées de Slovénie. Certains affirment qu'il prêtait aussi de l'argent à des taux usuraires, mais personne n'a jamais porté plainte, personne n'a jamais apporté le moindre témoignage à ce sujet. À sa manière, Pietro faisait peur, parce que s'il avait ouvert la bouche, qui sait ce qu'il aurait raconté.

— En effet, qui sait, mais maintenant il ne peut plus parler. Vous vous rendiez chez lui ?

— Vous me le demandez vraiment, commissaire Battaglia ?

— Pour la seconde fois. C'est un problème ?

— Non, si vous m'expliquez pour quelle raison vous croyez que ce serait susceptible d'avoir une importance.

Ils se défièrent en silence, sans concéder le moindre frémissement de muscle.

Marini prit Teresa par le bras.

— Allons-y.

Il réussit à la convaincre de s'éloigner, tandis que le mugissement d'une sirène annonçait l'arrivée de l'ambulance. Les ambulanciers se pressaient, alors que rien ne le motivait plus, peut-être Magris n'avait-il pas signalé qu'ils n'auraient qu'un mort à récupérer.

Une pluie glaciale s'était mise à tomber. Leur respiration formait des nuages de plus en plus épais dans la nuit.

Teresa céda, se laissant conduire vers la voiture, mais sa main serrait rageusement sa sacoche, où elle avait glissé le dossier et le nom d'Anbar, orpheline de ce visage, de ces yeux où elle aurait pu plonger le regard. Qu'est-ce qu'elle aurait réussi à y entrevoir ? Peut-être la douleur d'une mère incapable de se faire entendre depuis plus de vingt ans.

Teresa se libéra de cette emprise et retourna vers Magris au pas de charge. Elle lui flanqua le dossier contre la poitrine, le plaqua avec force.

— Qu'est-ce qui s'est passé, cette nuit-là ?

Magris regarda les feuilles, mais il ne les toucha pas, et ne la toucha pas non plus.

— Vous êtes devenue folle ?

La pluie mouillait le papier, le ramollissait comme une peau sous les doigts. Elle ne déplaça pas le dossier, et maintint Marini à distance d'un geste de la main.

— Ce rapport ne révèle franchement pas grand-chose, remarqua-t-elle.

— Mais encore ?

— Anbar est un nom de femme, pas un nom d'homme comme quelqu'un l'a écrit, et à l'emplacement où manque la photo, il n'y a aucune marque d'agrafes, comme sur les autres. Elles n'y ont peut-être jamais été, ou alors...

Elle laissa sa phrase en suspens.

Le visage de Magris ne trahit aucune réaction. Si cette révélation l'avait surpris, il possédait une maîtrise de lui-même comme elle en avait rarement vu. Ou alors il s'était préparé à ce moment depuis leur rencontre.

— N'ajoutez rien d'autre, commissaire Battaglia. Un mot de plus serait de trop. Je suis un collègue, vous en avez conscience.

— Un collègue qui devra s'expliquer sur quantité de choses. Ne croyez pas m'intimider.

Elle fit demi-tour, revint sur ses pas. Marini l'abrita sous son parapluie.

— Qu'est-ce que vous lui avez dit ?

Elle lui tendit le dossier désormais trempé.

— Qu'à l'inverse des autres, la fiche d'Anbar ne présente aucune trace d'agrafes.

Marini l'ouvrit et chercha la page incriminée.

— C'est pour ça que la photo s'est détachée ?

— Moi, je crois que cette photo n'y a jamais été.

Ils regardèrent Magris. L'air lugubre sous la pluie et la neige fondue, le commissaire de la police des frontières discutait au téléphone, d'un ton très animé, tout en faisant signe à l'ambulance de venir se garer un peu plus près. Il était sur les nerfs. Ce que Battaglia avait espéré.

— Appelle le principal, Marini. Nous devons aussi parler avec le substitut du procureur.

— Alors vous voulez ouvrir une enquête ?

Elle se dirigea d'un pas rapide vers la voiture, en fouillant dans sa sacoche.

— Où sont ces maudites clefs ?

Elle se glissa au volant, en continuant à proférer des jurons et à chercher. Ses tempes s'étaient mises à battre. Marini se dépêcha de la rejoindre.

— Qu'est-ce que vous voulez faire ?

— Conduire, si je trouve les clefs.

Il s'assit à la place côté passager.

— C'est moi qui les ai, les clefs... Jusqu'ici, c'est moi qui ai conduit.

Elle lui prit le trousseau des mains.

— Ah, oui.

Elle démarra. Elle se sentait agitée, elle avait le souffle court et elle se trouvait dans un état d'angoisse qu'elle avait du mal à déchiffrer. Sa colère avait éclaté à l'improviste, sans que la mèche eût été allumée par un fait susceptible d'en justifier véritablement l'ampleur. Tout à coup, certains filtres lui avaient manqué, ses réactions instinctives se déclenchaient sans aucun frein.

Elle enclencha une vitesse et avança, en dosant mal la pression sur les pédales. Les pneus dérapèrent quelques secondes, puis accrochèrent sur l'asphalte baigné d'eau, et la voiture chassa du train arrière. Le hurlement de Marini, l'expression hébétée de Magris derrière la vitre, et Marini qui continuait à crier. L'inspecteur agrippa le volant des deux mains.

— Attention devant, attention devant !

Au dernier moment, elle braqua pour prendre le virage.

— Arrêtez cette voiture !

Elle ralentit d'un coup, mais resta en prise. À l'intérieur d'elle-même régnait le chaos. Elle se rendit compte qu'elle ne savait plus où aller.

— De quel côté est la maison de Chiara ?

— Rangez-vous, je vais conduire.

— De quel côté est la maison de Chiara ? hurla-t-elle.

Marini se résigna à lui donner les indications, d'une voix aussi tendue que l'était son corps.

— Tournez à droite. *À droite.*

Elle passa la marche arrière, redémarra.

— Attention au stop. (Il se retourna pour regarder à travers la lunette arrière.) Là, c'était un stop, commissaire. Par chance, il n'est arrivé personne.

Le brouillard couvrait les champs d'un manteau et semblait avoir pénétré dans l'esprit de Teresa, déteignant sur sa colère tout en l'engourdissant.

Quand ils arrivèrent enfin chez les Leban, elle coupa le moteur et resta sans bouger. Marini s'appuya du coude contre la portière, le front dans la main.

— Qu'est-ce qui vous a pris ?

— Ne me laisse plus jamais conduire.

— Ça, c'est une certitude.

Elle regarda les feuillets épars dans l'habitacle, détrempés, ramollis.

— Quel bordel.

— Ce sont juste des photocopies. Nous les réimprimerons.

Et la honte ? À cela, on ne pouvait remédier.

Sur l'instant, l'inspecteur sembla sur le point d'ajouter quelque chose, mais Teresa n'était pas prête à l'écouter.

Tôt ou tard, pourtant, elle devrait se résoudre à tout avouer. C'était peut-être l'attente de ce moment qui s'avérait insoutenable.

Il scrutait son visage, guettant un signe. Elle avait l'impression de lire dans ses pensées. L'inspecteur attendait une réaction qui lui permette de s'orienter sur le terrain fragile où il sentait sans aucun doute qu'il s'aventurait.

Ce fut l'instinct, un besoin humain, qui lui fit répondre à son appel.

— Si je te disais que c'était un avant-goût de la nouvelle personne que je suis en train devenir ?

31

LUI AVAIT-ELLE VRAIMENT DIT CELA ? À lui, qui n'était encore qu'un étranger, ou presque ?

— Laisse tomber, Marini.

Elle lui passa les clefs.

— Non, je veux vous entendre.

Elle descendit de voiture en vitesse. Elle entendit l'autre portière s'ouvrir et se refermer.

— Vous vous sentez bien ?

— Maintenant, oui.

Marini s'appuya contre le toit. Il ne fit pas le geste de la rejoindre, il ne voulait pas se montrer envahissant.

— Et à quoi ressemblera-t-elle, cette nouvelle personne ?

La délicatesse de sa voix la surprit, ce qui lui permit de se montrer au moins partiellement sincère.

— Elle ressemblera à ce qu'elle sera : plus dure, c'est inévitable.

— Pour résister ?

— Simplement pour avancer.

— C'est sûr que Magris a dû franchement vous mettre en rogne. Que vous a-t-il dit, quelque chose à propos du fait que vous êtes une femme ?

Elle détourna le regard et marcha, les mains dans les poches. L'air froid sentait la forêt, le bois brûlé et les biscuits à la cannelle. De la fumée s'échappait de la cheminée de la maison sur la colline, elle s'imagina le feu qui crépitait, le four bien chaud. Elle préféra se diriger vers le garage éclairé par une ampoule électrique nue, qui se balançait derrière la vitre dépolie de la fenêtre. Quelqu'un avait effleuré cette ampoule peu de temps avant.

La porte était ouverte. Ils trouvèrent Alessandro Leban penché sur son tour, il donnait forme à une pièce de bois dorée. La résine suintant de la fibre du bois picotait la gorge.

— Que voulez-vous ?

Il ne s'était même pas retourné. Elle ne se fit pas prier.

— Quels rapports entreteniez-vous avec Pietro Arturo ?

— Commencez par me dire ce qu'il vous a raconté.

— Lui ? ou les pièges qu'il avait dans son appentis ? Ou alors le commissaire Magris ? qui nous a expliqué que Pietro était un contrebandier et un usurier.

Elle réussit enfin à capter l'attention de cet homme. Leban éteignit le tour, jeta la pièce de bois à terre. Cela fit jaillir des éclats.

— Il insinue ou il accuse ?

Elle s'approcha sans crainte.

— Je ne dispose pas encore de preuves pour l'affirmer, mais je crois que vous avez fait perdre pas mal d'argent aussi à Pietro. Ou alors vous vous êtes adressé à lui pour obtenir la somme nécessaire au remboursement de vos clients. Dans les deux cas, vous avez contracté une lourde dette que vous n'êtes pas en mesure de rembourser. Voilà la raison de ces pièges, voilà la raison de ce poison. Des avertissements, pour que vous ne tiriez pas trop sur la corde. Pietro n'était pas un type patient.

— Était ? C'est la deuxième fois que vous parlez de lui au passé.

— Pietro est mort. Il y a une demi-heure, un accident.

Leban accusa le coup, mais sans rien ajouter.

— Vous vous sentez soulagé ?

— Oui, je n'aurais pas l'hypocrisie de le nier.

— Alors j'avais raison.

Leban attrapa une autre pièce sur un tas de bois et reprit son travail, en passant un papier de verre à gros grain sur le morceau écorcé.

— Je n'ai rien à déclarer.

— Je crois que Pietro a raconté à Chiara l'histoire de l'enfant disparu. D'une certaine manière, je pense qu'il était impliqué.

— Ce n'est pas possible qu'il ait raconté ces choses à Chiara.

— Pourquoi ?

Il lui lança un regard de défi.

— Parce que j'étais tout le temps avec eux. Quel père pensez-vous que je suis ? Je laisserais ma fille seule en présence d'un individu de ce genre ?

— Pourtant, cet individu, vous le fréquentiez, vous le faisiez venir sous votre toit. Comme expliquez-vous ça ?

— Je ne dois absolument rien expliquer.

— Pour le moment.

Ce fut Battaglia qui éteignit le tour.

— Quelquefois, parler est libérateur, monsieur Leban.

Il rit. D'un rire tragique, pensa-t-elle. C'était l'entrée en scène du dernier acte.

— Et je devrais en parler avec vous ?

— Pourquoi pas ?

— Je lui avais demandé de me prêter de l'argent afin que je sois en position d'en rendre aux personnes que j'avais ruinées, oui. J'étais aux abois, j'avais honte. Je n'ai pas réfléchi aux conséquences, ni à la manière dont j'aurais pu restituer ces sommes, vu que je ne réussis plus à trouver de travail. Pietro se montrait compréhensif, il était toujours gentil avec nous, à la différence des autres, mais ce jour-là, pour moi, a marqué le début d'un cauchemar. Je n'ai plus eu la paix. Je vivais dans la terreur de le voir surgir dans l'allée, parce que… (Il serra fermement les poings à hauteur de sa poitrine.) … parce qu'au fond de moi je savais, je sentais, qu'il y avait chez ce vieillard quelque chose de dangereux, de malfaisant. Mais je ne sais rien des enfants disparus, ni des tombes dans le bois. J'aime ma fille. J'aime Chiara. Je ne pourrais jamais faire de mal à un être comme elle.

Ses yeux au regard désespéré tenaient le même langage. Son cœur, qu'elle sentait vibrer dans sa respiration entrecoupée, en disait autant.

Elle avait obtenu la réponse qu'elle attendait.

— Giulia vous a parlé des fièvres de Chiara ? (Leban s'était assis sur une souche, il semblait vidé.) Chiara a souvent de fortes fièvres, sans raison apparente. À ces moments-là, elle affirme voir quelque chose autour de nous, dans la pièce.

— Quelque chose ?

L'homme sembla regretter, se remit debout, les mains devant lui, comme pour les éloigner tous les deux.

— Écoutez, allez-vous-en.

— Quelque chose, mais quoi ?

— Nom de Dieu… Des présences, qu'est-ce que j'en sais, moi ! Giulia y croit. Elle croit que tout ça est vrai.

— Et vous ?

Leban laissa lourdement retomber les bras le long du corps. Il capitulait.

— Je crois seulement à ce que je vois.

Battaglia eut l'impression que c'était un mensonge.

32

— Je sais que je te mets en mauvaise posture, Paolo.

Paolo Ambrosini haussa les sourcils.

— « Mauvaise », c'est tout ?

Elle avait exposé les faits et mentionné les suspects, le commissaire principal l'avait laissée parler sans jamais l'interrompre, pas même pour lui poser une question, mais elle avait toujours su percevoir les réactions intérieures de son supérieur, la tension à laquelle chaque mot prononcé soumettait le délicat équilibre qui menait à une prise de décision.

Elle s'était montrée claire avec lui, depuis le moment où il avait refermé la porte de son bureau et où ils s'étaient retrouvés seul à seule.

— Je suis sur le point de provoquer une crise et je ne veux pas que tu t'exposes seulement parce que nous sommes amis.

Il se lissait la moustache.

— Cela m'est déjà arrivé ?

— Je crois que oui, et tant de fois que je ne les compte plus, maintenant.

Cette fois, Battaglia ne le permettrait pas.

À la fin de son exposé, il lui demanda pourquoi elle était venue le voir, au juste. Elle ne se fit pas prier.

— Je voudrais que tu viennes avec moi chez le substitut du procureur. J'ai besoin que Gardini me signe un mandat pour perquisitionner à l'hôpital où ces réfugiés avaient été conduits. Et il m'en faut un autre pour les contrôles croisés sur les historiques d'appels.

— Quels usagers entendrais-tu contrôler ? Non, ne réponds pas. J'ai compris.

Le commissaire principal se passa les mains sur le visage, l'alliance en or qu'il portait à l'annulaire était patinée par l'usure des décennies. Son regard revint sur son interlocutrice, mais ses joues restèrent encadrées entre ses mains.

— Tu veux soumettre des collègues à enquête ?

— Je veux seulement comprendre si quelqu'un était au courant de l'erreur et l'a couverte. Je veux comprendre si c'était une erreur.

Ambrosini tâta les poches de sa veste.

— Ce serait le moment d'une cigarette, ou même d'en fumer deux à la suite.

Elle pointa le doigt vers son bureau.

— Je crois avoir provoqué un beau chambard, aujourd'hui. Si quelqu'un craint d'être démasqué, en ce moment ce quelqu'un est en train de réagir, et certainement avec moins de prudence que s'il devait agir la tête froide.

— Tu parles de « quelqu'un », mais cet individu porte un nom et un prénom, et il a une réputation, tout cela risque de nous retomber dessus comme un boomerang. Magris n'était même pas en service dans la région, à l'époque.

— Il n'empêche, aujourd'hui, c'est lui qui commande.

Ambrosini ouvrit un tiroir et posa un briquet Zippo sur son bureau.

— À dire vrai, c'est plutôt le commissaire principal qui commande.

— Je voulais dire que c'est lui qui exerce une puissante influence sur ses collègues justement en raison de la réputation que tu lui reconnais toi-même. Ce n'est pas le genre de type à qui on peut soutirer quoi que ce soit à son insu, et nous savons comment fonctionne une brigade bien rodée.

— Une brigade est un milieu vivant, qui réagit.

— Qui réagit, en effet, en éliminant quiconque est pris en tort, ou qui serre les rangs pour le protéger, tout dépend de qui la dirige, et des valeurs auxquelles son chef est attaché. C'est ce qu'il me reste à comprendre. Paolo, la question est simple : soit nous allons de l'avant, soit nous nous arrêtons là. Il n'y a pas d'autre solution.

Il s'installa mieux, croisa les jambes, en manipulant le briquet sur son genou.

— Je vais maintenant me faire l'avocat du diable. Plus de vingt années se sont écoulées. Si un délit a été commis, il est possible qu'il soit prescrit…

Teresa leva la main.

— Tu as raison. Cependant, pour le savoir, il nous faudrait d'abord saisir de quel type de délit nous parlons, tu ne crois pas ?

Il observa quelques instants les reflets sur le métal du briquet.

— Tu veux vraiment passer à l'action, Teresa ?

— À moi toute seule, je ne peux rien tenter. (Elle approcha sa chaise du bureau.) Une erreur a été commise, partons de là. Une erreur qui donne à réfléchir. Formons un instant l'hypothèse qu'elle soit liée à ces traces que nous avons trouvées et qu'il existe un responsable : il a tout misé sur l'indifférence de ceux qui l'entouraient, sur le passage du temps et sur les mille et une tâches qui, chaque jour, à chaque minute, nous distraient de la nécessité d'aller examiner dans les recoins obscurs et d'identifier ce qui s'y cache. La bonne question est d'un autre ordre. Voulons-nous découvrir ce qui s'est passé, et voulons-nous le faire ensemble ?

Le commissaire principal déclencha le Zippo.

— Quelle question, Teresa. Si tu es décidée à aller de l'avant, il est certain que je suis avec toi.

Il souleva le combiné de son téléphone, composa un numéro.

— Maintenant, voyons si Gardini sera lui aussi de notre côté.

33

LA BRIGADE NE LA LAISSA PAS SEULE. Dans le bureau du parquet où se décidait le sort de l'enquête, ils étaient tous présents. Parisi, De Carli et Marini avaient décidé d'y assister.

Les deux premiers avaient été catégoriques.

— Nous devons faire ça ensemble.

— Un front commun.

Marini s'était révélé plus flegmatique.

— Moi, je considérais que cela allait de soi.

Leur présence, quoique discrète et silencieuse, n'était pas habituelle et ne passa pas inaperçue. Le substitut du procureur marqua une pause dans la lecture du dossier et leur lança un regard par-dessus la monture en bakélite de ses lunettes.

— Vous êtes venus en force, commissaire.

Il fit un signe au secrétaire. Les deux hommes s'entretinrent à voix basse, s'échangèrent feuillets et requêtes, avant que l'adjoint se retire dans son bureau. Teresa ne réussit pas à saisir leurs propos.

Le substitut du procureur se plongea de nouveau dans la lecture du mémorandum. Au cours de ces longues minutes silencieuses, Battaglia sentit derrière elle ses garçons la soutenir avec le calme que seuls possédaient ceux qui avaient la certitude de ne pouvoir ou de ne vouloir être nulle part ailleurs qu'ici et maintenant. Ils croyaient en elle et ils n'étaient pas disposés à la laisser s'exposer sans que ce soit clair aux yeux de tous.

Le secrétaire revint avec une chemise en main, pour la signature des documents. Il la tendit à Gardini et patienta.

Le substitut du procureur prit son stylo et dévissa le capuchon.

— J'accepte vos demandes, commissaire. Considérant le caractère sensible de l'enquête, je recommande toutefois la discrétion.

Il apposa sa signature sur l'ordonnance qui levait le voile sur un secret vieux de plus de vingt années, en prononçant quatre mots, avec le sourire placide qui le caractérisait.

— Faisons toute la clarté.

La clarté est l'une des voies qui mènent à la justice, telle fut la réflexion de Teresa, tandis qu'elle le regardait tracer les lettres qui lui conféraient le pouvoir de revenir dans le temps, de le retourner comme une motte, et de tout passer au crible.

— Merci, monsieur le substitut.

Grâce à son aval, les banques de données s'ouvrirent devant leurs requêtes. Ils remontèrent facilement à l'hôpital qui avait accueilli les réfugiés et ils transmirent leur demande d'obtenir un accès aux rapports médicaux. Ces rapports allaient parler, comme parlent les cartes que l'on retourne sur la table.

Et effectivement, ils parlèrent.

34

ANBAR IMAMOVIĆ, sexe féminin, âge approximatif vingt-cinq ou trente ans à l'époque des faits, retrouvée dans un état de grande agitation, évoluant par la suite en catatonie, le 31 octobre 1995. Elle présentait de profondes blessures aux membres supérieurs : l'annulaire et l'auriculaire des deux mains étaient tous deux tranchés à hauteur de la première phalange. Aucun signe de points de suture n'était visible, uniquement des bandages improvisés. Les blessures n'étaient pas récentes et elles étaient apparemment au premier stade de suppuration qui empêchait la cicatrisation.

Dans ces quelques feuillets, Anbar avait récupéré la voix qui était la sienne, elle n'était plus un profil erroné, elle existait vraiment. Pendant plus de vingt ans, elle s'était bornée à n'être qu'une goutte de sang coagulé, inhumé, caché et finalement à nouveau dévoilé. Une goutte d'un sang dont les pulsations n'avaient jamais cessé, à côté de celui de son petit. C'était leur sang que Chiara avait entendu battre dans la brume des limbes, un territoire en suspens que les perceptions de la fillette réussissaient peut-être à atteindre.

Un médecin commentait le rapport à Battaglia. Il prononça les mots « nettoyage ethnique » et « torture ». Anbar avait subi des sévices, parce qu'elle appartenait à une minorité, les musulmans de Bosnie. Ses compagnons de voyage l'avaient confirmé. L'un d'eux parlait bien l'italien, comme ils le savaient déjà grâce au signalement rapporté par Magris.

Elle chaussa ses lunettes de vue.

— D'autres éléments ont-ils été relevés concernant l'état d'agitation de cette femme ? A-t-elle fait des déclarations que quelqu'un aurait pris soin de noter ?

Le médecin tourna la page.

— Elle était à la recherche de son fils, mais il n'y avait pas d'enfant. Il n'y en avait pas eu de tout le voyage, on a aussi posé la question à ceux qui l'accompagnaient. Ils ont soutenu que cette femme avait l'esprit malade. Son fils avait pu être tué pendant la guerre. Ils n'en savaient rien.

Elle le reprit.

— C'est ce que racontait celui du groupe qui parlait italien et qui était très probablement le passeur. Les autres ont confirmé tout ce qu'il voulait.

Le médecin s'inclina.

— Je suis désolé. Nous ne sommes pas toujours préparés à ces situations. La police avait elle aussi confirmé qu'il n'y avait pas d'enfant dans le groupe.

— Il n'y en avait plus, c'était une certitude.

— Au moins, cette femme a pu être tenue à l'écart de ces hommes.

— Que voulez-vous dire ? Ils ont tous été conduits dans un établissement d'accueil d'où ils se sont enfuis.

— Pas tous. (Il indiqua la dernière page.) On a été en mesure de suturer ses plaies, on lui a prescrit des antibiotiques et des sédatifs, parce qu'elle s'était livrée à des actes de violence contre elle-même, et elle avait subi toute une série d'évaluations psychologiques. Si les choses se sont finalement déroulées comme elles devaient se dérouler, je crois qu'on ne l'a jamais transférée dans cette même structure d'accueil que ses compagnons, certainement pas cette nuit-là. Elle a été internée. Nous avons la possibilité de vérifier.

Teresa réussit juste à hocher la tête. Voilà pourquoi ils n'avaient pas trouvé trace d'elle dans la documentation de la structure d'accueil où avaient été envoyés ses compagnons. Elle se racla la gorge, pour refouler la boule d'émotion au creux de son estomac. D'un signe de tête, elle convia à côté d'elle Marini, resté debout à la porte, mais en veillant à lui dissimuler l'expression de son visage.

— Trouvez-nous un médiateur culturel qui parle le bosniaque. Un vrai.

L'inspecteur sortit en vitesse. Battaglia imagina la transmission des consignes à Parisi et De Carli, restés en attente dehors. Le filet était déjà jeté, et avait commencé à se déployer. Il allait capturer les moindres éléments dans ses mailles qui seraient à la fois un piège et une forme de salut.

Elle sentait qu'Anbar était encore vivante. Elle les attendait.

35

Anbar. Teresa s'attendait à la découvrir telle une goutte d'ambre au milieu d'une pièce aux tons défraîchis, mais au contraire, la peau de la femme assise qui les attendait était claire, légèrement olivâtre là où les pommettes ombraient un peu la mâchoire en dessinant un cœur avec la pointe du menton. Les cheveux foncés, ponctués de quelques fils blancs, étaient séparés au milieu du front et disparaissaient sous un foulard à motif cachemire, qui rappelait à Teresa sa grand-mère. Les vêtements étaient simples, et même élimés. Une robe en laine, des bas couleur chair, un chandail pelucheux.

Impossible de lui donner un âge.

— Les mains.

La voix de Marini était un murmure où transparaissaient l'incrédulité et l'horreur.

Les mains abîmées par les supplices étaient posées sur les genoux, les doigts entrecroisés, parcourus d'un léger tremblement. Trois seulement de chaque côté, saillants de la boule grumeleuse que formait la paume.

Teresa comprenait Marini. Lire des comptes rendus d'actes de torture ne permettait pas ne serait-ce que d'approcher l'antichambre du trouble que l'on éprouvait en les voyant imprimés dans la chair.

La responsable de la communauté qui accueillait Anbar s'appuya au chambranle, les bras croisés, et regarda la jeune femme avec affection.

— Anbar va mieux, maintenant. Elle ne souffre plus de sautes d'humeur et elle a relégué ses pulsions d'automutilation loin derrière elle, depuis des années désormais. Elle n'a même plus besoin de médicaments. Elle travaille tous les jours avec les autres pensionnaires à l'atelier de tissage. Ses travaux sont les plus beaux, malgré son handicap. Nous l'aimons vraiment bien. Rien ne l'empêcherait de sortir, accompagnée, elle pourrait tout à fait vivre dans un appartement en dehors de la communauté avec d'autres femmes qui effectuent le même parcours d'émancipation, mais elle ne semble pas vouloir retourner dans le monde. Rester ici lui suffit. Elle n'a jamais voulu apprendre l'italien, mais maintenant elle comprend quelques mots, même si elle refuse de le parler.

Le commentaire de Battaglia fut lapidaire.

— Elle ne va pas mieux, elle s'est résignée, et elle ne veut pas retourner dans le monde parce que c'est justement ce monde qui l'a trahie.

Elle entra, sans se soucier de la réponse, ou d'une quelconque permission. Devant elle, il y avait une femme abandonnée. Personne n'était venu de Srebrenica pour la réclamer comme on vient réclamer une partie de son propre cœur. Personne n'avait ne serait-ce que soupçonné un instant qu'elle disait la vérité.

Dans cet horrible silence, on l'avait abandonnée la moitié de sa vie. Ce silence, Anbar était occupée à le restituer.

Teresa s'assit en face d'elle. La femme leva les yeux et Teresa découvrit l'ambre qu'elle avait recherché en vain sur sa peau. Il se trouvait dans les iris, enchevêtré avec quelques filaments noisette. Elle se demanda si son fils possédait dans le regard cette même empreinte du soleil.

Il devait être en vie, lui aussi. Battaglia refusait l'idée d'avoir pu arriver jusqu'ici pour finalement écrire la conclusion d'une tragédie, et annoncer à une mère qui patientait depuis vingt ans que l'être qu'elle avait mis au monde était mort cette nuit-là, ou la nuit suivante, sans que l'on sache de quelle manière, sans que l'on sache bien où ni entre quelles mains. Elle chassa avec violence cette pensée, comprenant déjà que si jamais c'était le cas, elle mentirait à la madone qu'elle avait en face d'elle. Elle la libérerait, d'une autre façon, qu'elle ne parvenait pas encore à concevoir.

La responsable s'assit à côté d'Anbar et présenta les visiteurs. On avait aussi fait appel à la psychologue de la communauté. Pour sa part, Teresa avait à côté d'elle Marini et l'interprète, un Croate nommé Nikola.

Elle n'avait pas eu beaucoup de temps pour préparer l'entrevue et le début ne fut pas facile. La femme semblait mal à l'aise, elle était certainement effrayée de cette entorse que subissait sa routine quotidienne.

Battaglia aurait voulu la toucher et la prendre dans ses bras, la réconforter. Elle ne pouvait s'empêcher de la regarder, cette incarnation d'un rêve, cette mère qui portait la croix.

Elle se mit d'accord avec Nikola sur la manière de procéder, les questions et les réponses étant entrecoupées par la traduction.

Elle posa les mains sur la table et eut un sourire encourageant.

— Je m'appelle Teresa Battaglia, je suis commissaire de police.

Combien de fois avait-elle prononcé ces mots-là et combien de fois les prononcerait-elle encore, avant de ne plus y arriver ?

Nikola traduisit, mais ils attendirent en vain la réponse.

— Je veux tout de suite te prévenir que nous ne sommes pas ici parce qu'il y aurait des problèmes, ni pour t'en créer. Tu peux être tranquille.

Anbar ne détacha pas son regard fixe de la partie vide de la table.

Teresa se fit remettre le dossier par Marini, mais ne l'ouvrit pas. Elle remarqua que l'inspecteur n'avait pas non plus le poignet très ferme.

— Je suis ici pour parler de cette nuit, Anbar. La nuit où tu es arrivée en Italie.

Nikola transmit le message et cette fois les lèvres de la femme murmurèrent une réponse à peine audible, à tel point que l'interprète dut se pencher en avant pour saisir ses propos.

— Elle a répondu qu'elle ne veut pas parler avec la police.

Teresa ouvrit le dossier.

— Tu ne veux pas parce que cette nuit-là personne ne t'a écoutée, mais moi, je suis ici pour cela, je suis ici parce que je veux que tu me racontes ce qui s'est passé.

— Elle a de nouveau répété qu'elle ne veut pas parler avec la police.

— Je comprends, Anbar. Parce qu'on t'a laissée, livrée à toi-même, mais cette fois, moi, je ne m'en irai pas.

Battaglia disposa sur la table les photos des compagnons d'Anbar, ceux qui avaient franchi la frontière italienne avec elle. La jeune femme détourna aussitôt le regard vers le jardin, visible derrière la fenêtre, mais les signes visibles d'une montée d'adrénaline trahirent sa réaction profonde.

La lumière que recevaient ses yeux ne réussissait pas à en contracter les pupilles – ce qui permet de mieux voir en situation d'urgence.

Sa peau s'était parée d'une certaine pâleur – les vaisseaux sanguins s'étaient contractés afin d'acheminer l'oxygène vers les muscles, pour mieux échapper au danger, danger qui dans ce cas précis était un retour au désespoir.

Telles que Teresa se les imaginait, les réactions du corps à une peur soudaine représentaient comme les péripéties d'un conte, de ceux où l'on risque toujours de finir dévoré.

Un rouge-gorge se posa sur le rebord de la fenêtre, le temps de becqueter les graines que quelqu'un, peut-être Anbar elle-même, avait laissées là pour lui, puis il reprit son envol.

La femme leva une main et, sans les regarder, déplaça lentement les visages des photos, comme pour les maintenir loin d'elle.

Teresa se pencha au-dessus de la table, lui posa la main sur le bras.

— Nous savons que quelqu'un a enlevé ton fils, cette nuit-là. (Elle laissa à Nikola le temps de traduire.) Nous voulons le retrouver.

Ils retinrent tous leur souffle – Teresa eut cette impression. Leurs diaphragmes s'étaient contractés afin de mieux soutenir l'assaut des émotions.

Anbar releva le visage, les larmes commencèrent à couler, mais elle ne lâcha pas même un soupir. Teresa serra un peu plus fort. Comme sa peau était froide, au niveau du poignet. D'instinct, elle eut envie de la réchauffer entre ses doigts.

— Nous savons qu'il existe. Nous te croyons.

Anbar continuait de pleurer en silence, et elle se mit à se balancer.

Teresa fit un signe de tête à Marini et il posa sur la table la pochette contenant la peluche.

Ce fut comme de soulever le couvercle de l'enfer. La femme poussa un hurlement au milieu des larmes, s'en saisit et serra le lapin contre sa poitrine.

— Qui t'a pris ton enfant, Anbar ? Qui te l'a pris ?

La femme lui agrippa les mains, les retint entre ses doigts, ceux que la violence avait épargnés et que Chiara avait vus dans ses rêves. Ils étaient fuselés, c'étaient les mains d'une artiste qui tressait des fils peut-être dans l'espoir de retrouver un jour la partie tranchée d'elle-même, mais peut-être pas sur cette terre. Anbar parlait, Nicolas traduisait.

— Elle dit que c'était un homme d'ici, qui connaissait le passeur, celui qui leur servait de guide. Ils avaient un rendez-vous. Il était tombé sur eux avant les policiers, en sachant très bien ce qu'il faisait, c'était dans le bois. Il savait où les retrouver. Il était pressé, il disait qu'ils l'attendaient pour la livraison. Il a pris l'enfant qui s'était endormi.

Anbar lâcha un instant les mains de Teresa pour mimer le geste de bercer son fils, et puis elle ouvrit les bras, en hurlant, comme si quelqu'un venait de le lui arracher du torse. Elle était désespérée.

Battaglia se tourna vers l'interprète.

— Quel âge avait l'enfant ?

— Quatre ans.

Marini chargea une vidéo dans son portable et la fit voir à la femme. Teresa lui répéta la question.

— Qui t'a pris ton enfant ?

— *On ! On !*

Nikola regarda Teresa.

— Lui. Elle dit que c'est lui.

C'était le reportage au cours duquel on avait interviewé Pietro.

Anbar ne s'arrêtait plus de parler. Très agitée, elle se frappait le cœur de la main.

— *Suljo !*

— Elle dit que son fils s'appelle Suljo. Elle tient à ce que je vous précise que cela vient de l'arabe Suleyman, ou Soliman, le nom d'un grand roi, un nom qui signifie « paix ».

Anbar chercha de nouveau la main de Teresa, la lui serra, et de l'autre arracha une page de son journal. Celle-ci savait combien les noms étaient importants pour ceux qui pratiquaient la religion islamique. Ils en discutaient longuement, les choisissaient avec soin, au fil d'un processus qui impliquait toute la famille. Mais qu'était-il advenu de cette famille ?

— C'est un nom très important, Anbar.

Teresa nota toutes les questions qu'elle avait besoin de soumettre à cette femme.

Quelqu'un pouvait commencer à prendre peur, parce que le commissaire ne s'en tiendrait pas là, pas après avoir vu les ravages infligés à ces vies.

36

Ils avaient trouvé Anbar, mais sur l'autre front de leurs recherches, ils avaient essuyé une défaite. Les analyses des historiques d'appels téléphoniques n'avaient pas eu les résultats escomptés. Aucun contact suspect dans les communications entrantes et sortantes du bureau et du portable de Magris. Rien ne le reliait à Pietro et rien ne laissait soupçonner son implication dans l'enlisement de l'enquête. La nuit où Pietro était mort, après que Battaglia s'était confrontée à lui, il avait appelé le commissariat central. Mais avec qui avait-il parlé et de quoi, puisque les secours étaient déjà alertés ?

Battaglia avait reçu cette information dès son retour au commissariat, et il lui restait encore à en prendre la mesure. Si seulement Marini avait cessé d'aller et venir dans le bureau, elle y serait peut-être arrivée. Il la mettait sur les nerfs.

— Vous avez été extraordinaire. Dans cette pièce, avec cette femme, vous avez été extraordinaire. Bon Dieu, vous auriez dû vous voir.

Elle ne prit même pas la peine de lever les yeux.

— Je n'ai franchement pas dit grand-chose.

— C'était peu, mais c'était juste.

Elle fouilla son sac de fond en comble, à la recherche d'un bonbon. Ne le trouvant pas, elle en renversa le contenu sur le bureau, en lâchant un juron. Les emballages papier aux couleurs éclatantes étaient tous vides, mais au moins ils dégageaient un parfum fruité et sucré. Elle les renifla un par un, sans se soucier du regard effaré de Marini.

— Ça, c'est framboise.

— Vous savez que vous avez un problème, hein ?

— Ah, rien qu'un ?

À la fin, elle dut se contenter de tripoter son stylo. Une autre question la tourmentait, en plus d'être bredouille concernant Magris.

— Ce fils, je dois le restituer à sa mère, d'une manière ou d'une autre, sinon tout cela n'aura servi à rien. Mais où le trouver, et comment ? Et s'il est mort ?

Marini fourra les mains dans ses poches, mais visiblement sans aucune intention de s'asseoir.

— Ce n'est pas vrai que tout cela n'aura servi à rien. Vous avez cru à cette histoire quand personne, moi le premier, n'était disposé à s'y attaquer. Vous avez écouté l'appel au secours de cette femme alors qu'elle n'avait pas encore prononcé un mot. Vous ne la connaissiez même pas, vous ne saviez pas qu'elle existait ! Je n'ai aucune idée de comment vous vous y prenez, commissaire, mais c'est un don que je vous envie.

Elle continua de faire tourner le stylo entre ses doigts.

— Ce n'est que l'expérience, Marini. Beaucoup d'expérience. À la fin, tu le sens, il reste collé aux histoires des êtres pendant des décennies, c'est à cause de l'odeur qu'il dégage.

— Que dégage qui ?

— Pas qui, mais quoi. Le mal.

Elle se leva, plus endolorie que lorsqu'elle s'était assise pour se reposer. Elle était comme ces anciens diesels, il lui fallait du temps pour se mettre en marche, et voilà pourquoi elle ne s'arrêtait qu'à contrecœur. Pour elle, redémarrer, c'était encore pire que de passer sous un train.

Marini s'appuya des deux mains sur le bureau.

— Le mal. Alors maintenant on dérive dans le philosophique, voire le transcendantal ?

— Ah, ni l'un ni l'autre. Le mal est très empirique, tu peux le décrire au moyen de termes spécifiques, à la limite du banal. Dans le cas présent ? *Avidité*. Qui sait combien a pu rapporter cet enfant. *Indifférence*. Avec un diagnostic simple comme bonjour et quelques pilules, on fait taire une femmelette hystérique, sale et épuisée, qui ne parle même pas notre langue. Problème résolu, candidat suivant. *Inattention*. Personne n'a contrôlé si ce maudit rapport racontait la vérité.

Marini contracta la mâchoire.

— À part vous.

Elle ramassa ses affaires et les fourra dans son sac.

— Que veux-tu que je te dise, je suis une emmerdeuse.

— Et maintenant, où allez-vous ?

— Dehors, fumer.

— Vous ne fumez pas.

Elle était déjà dans le couloir.

— C'est une manière de me signifier que je ne dois pas vous suivre ?

Elle s'engouffra dans l'ascenseur, submergée par la colère, le mécontentement, la mélancolie que l'histoire d'Anbar et Suljo avait introduits dans sa vie.

Dehors, il pleuvait, l'esplanade luisait sous la lumière des réverbères. Elle était sortie mue par une impulsion, juste le besoin de respirer sans avoir un Marini qui respire dans son dos.

Elle rabattit la capuche de sa parka et s'assit sur le muret qui délimitait le parking réservé. Le froid et l'humidité lui saisissaient les fesses et les jambes, la secouant de frissons, mais son corps épais finit par avoir le dessus et lui dressa une barrière contre le froid glacial. En revanche, rien ne pouvait faire barrière à ses pensées.

L'inattention à l'être humain avait permis qu'on enlève un enfant. Profitant de cette indifférence émotionnelle, quelqu'un avait pris l'initiative de le soustraire à sa mère, sans rencontrer aucun obstacle. Cela se produisait tous les jours, lui avait rappelé Parisi. Elle ne parvenait pas à imaginer tragédie plus glaçante, pas même la mort, parce que, tant qu'on reste en proie au doute, on continue d'imaginer la souffrance de l'être que l'on a créé – et de la vivre – de mille horribles manières. Tous les jours, tant que l'on respire.

Elle était terrorisée de découvrir quelle fin avait connue Suljo.

Une ombre bougea derrière le portail d'entrée et vint droit vers le parking. C'était un homme, le visage caché par la capuche de sa doudoune. Il s'arrêta à quelques mètres d'elle, immobile sous la pluie, les mains le long du corps. Il la fixait du regard. Teresa plissa les yeux, les reflets des réverbères n'éclairaient pas ce visage noir. Elle lui désigna le trottoir.

— Vous cherchez quelqu'un ? L'entrée principale se trouve de ce côté.

L'ombre marcha droit vers elle. L'homme était imposant. Elle éprouva une sensation d'inquiétude, que même l'idée de se trouver dans la cour d'un commissariat ne réussit pas à dissiper.

— Je vous cherchais. (L'inconnu se plaça sous la lumière.) Je viens d'appeler votre bureau, on m'a dit que vous étiez descendue prendre l'air.

C'était Magris.

— Que faites-vous ici ?

Il ouvrit sa doudoune et lui tendit une enveloppe. Elle la prit, elle était blanche, sans indications.

— J'ai tout envoyé par e-mail, mais je tenais à vous la remettre aussi en personne. C'est le profil d'un ex-collègue que vous trouverez peut-être intéressant.

Elle la retourna dans ses mains, sans l'ouvrir. Elle posa de nouveau le regard sur lui.

— « Intéressant » signifie « suspect » ?

Il étouffa un rire sourd.

— Cela se pourrait, oui, mais je vous laisse juge. Il a été placé en retrait de la brigade mobile en raison de problèmes de santé, et affecté à des tâches administratives.

— Vous croyez que c'est lui qui a déposé ce rapport inexact ?

— C'est extrêmement probable, nous n'étions pas et nous ne sommes pas si nombreux. Et son problème de santé était en réalité une ludopathie. Il jouait énormément, il lui suffisait de sortir du commissariat pour traverser la rue et entrer dans les casinos situés derrière la frontière. Pour aller contracter des dettes, des dettes et encore des dettes.

— Des dettes aussi avec Pietro ?

— Oui, à ce qu'il semble. Si vous demandez un mandat de perquisition pour l'habitation de Pietro, je suis sûr que vous y trouverez de vieux livres de comptes. Les usuriers ne les jettent jamais, ils peuvent toujours leur servir à récolter des faveurs.

— Ou à faire chanter.

— Pour ces gens-là, il s'agit de la même chose.

Elle ouvrit l'enveloppe et entrevit le nom, qui ne lui dit rien. Elle avait déjà réclamé le mandat de perquisition, les scellés avaient été posés sur la maison pour y procéder le lendemain. Avec le témoignage d'Anbar et les pièces découvertes, ils disposaient enfin des éléments nécessaires pour fouiller la vie secrète du vieux Pietro.

— Qu'est-il advenu de cet ex-collègue ?

— Il a été définitivement mis à l'écart de la police. Il avait aussi demandé de l'argent aux mauvaises personnes.

— Plus mauvaises que Pietro ?

— La mafia slovène, à en croire leurs soupçons. Après avoir subi un passage à tabac, il n'est plus revenu au travail, mais il a refusé de porter plainte. On n'a jamais pu établir l'identité des coupables.

Elle referma l'enveloppe. La nuit promettait d'être longue.

— Vous aviez raison, commissaire Battaglia. Quand Pietro est mort, j'allais chez lui. Je ne saurais dire exactement pourquoi, je n'avais pas de soupçons précis, mais je connaissais le passé de cet homme et il avait suffi d'une brève recherche pour remonter jusqu'à la vidéo de cette interview. Il y avait quelque chose qui ne cadrait pas. Tout son corps, lorsqu'il parlait…

— … disait le contraire de ce qu'il affirmait.

— Vous l'avez remarqué, vous aussi. Ce ton de voix aigu, les hochements de tête permanents… il mentait. Sa réputation m'avait convaincu d'aller lui parler, pour tirer au clair ce qui me tracassait.

— C'était plus que du tracas. Nous possédons un témoignage qui confirme l'implication de Pietro… une implication lourde.

— Bien. Alors, vous êtes arrivée à vos fins. Compliments, commissaire.

Il ne lui posa pas d'autres questions sur une enquête qui ne dépendait pas de lui. Teresa songea qu'il aurait peut-être fallu qu'elle lui soit confiée, maintenant que la position de Magris était plus claire. C'était une question de compétence territoriale, qui malgré tout l'aurait elle-même mise en difficulté.

Et elle tenait à arriver au bout de cette histoire. Elle lissa l'enveloppe entre ses mains.

— Nous pourrons dire que je suis arrivée à mes fins quand tous les éléments de l'affaire auront été cernés, et là on pourra y mettre un point final.

La pluie avait cessé. La voix du soir s'exprimait dans le dégoulinement des gouttières, dans le gargouillis et le ruissellement des bouches d'égout. Ou, par intermittences, dans les gifles de l'eau projetée par les pneus sur la chaussée.

Elle regarda le ciel. Les nuages noirs étaient si bas qu'ils reflétaient les lumières de la ville.

— L'autre soir, je vous ai agressé, admit-elle. Je vous demande pardon. Je vous soupçonnais. Je croyais que d'une manière ou d'une autre vous cherchiez à protéger vos gens, pour le cas où l'un d'entre eux serait impliqué.

— Et l'un d'eux l'était, probablement, mais cela, votre enquête nous le dira vite, commissaire.

— Excuses acceptées ?

— Oui, mais elles n'étaient pas nécessaires. J'aurais fait pareil. (Il abaissa sa capuche, regarda le ciel lui aussi.) Si je n'avais pas eu affaire à vous, avec votre colère, je ne serais peut-être pas venu ici, avec ce nom. L'autre soir, j'ai immédiatement appelé le commissariat central et j'ai remué ciel et terre jusqu'à retrouver le profil que je viens de vous donner.

— Vous en seriez arrivé là de toute façon, même sans ma colère.

— Vous savez, il y a quelques années, j'ai suivi un master aux États-Unis. À Baltimore.

Il avait prononcé le nom de cette ville comme si cela devait lui mettre la puce à l'oreille. Et ce fut en effet le cas.

Elle eut un petit rire et baissa la tête, le menton enfoui dans sa parka. Elle imaginait déjà la suite de l'histoire.

— Le professeur était… c'est le meilleur profileur actuel. Quand il a appris d'où je venais, il m'a confié qu'il connaissait une policière italienne très affûtée, qui avait suivi l'un de ses cours pour étudiants de troisième cycle. Il n'a pas parlé d'« élève », il a mentionné une « amie à moi ». Il l'a qualifiée d'« exceptionnelle ». Vous voyez de qui je veux parler ?

Magris semblait encore impressionné. Elle en comprenait la raison. Robert faisait cet effet.

— Je crois le savoir, oui.

Il sourit.

— J'avais déjà entendu parler de vous, mais carrément, l'entendre mentionner votre existence… Eh bien, c'est lui qui a pensé tout ce que nous sommes, vous comme moi. Je peux vous demander comment vous l'avez connu ?

Elle répondit à son sourire et leva l'enveloppe en l'air, comme pour lui signifier que leur discussion devrait attendre.

— C'est une longue histoire.

Magris leva la main à son tour, mais pour la saluer. Il fit quelques pas, s'éloigna, avant de se retourner.

— Mais certainement. Vous me la raconterez un jour, je l'espère.

Aussitôt après, elle l'interpella encore.

— Vous ne restez pas ? (Elle indiqua la fenêtre éclairée.) Nous avons trouvé la femme, celle qui dans le rapport est signalée comme un homme. Maintenant, il nous faut retrouver son fils.

37

Après une nuit de consultations sur la manière de procéder, dans la matinée du lendemain, les portes de la maison de Pietro s'ouvrirent en grand pour révéler, de pièce en pièce, l'histoire de son propriétaire.

Les équipes de Magris et Battaglia procédaient maintenant en parallèle, l'enquête était menée conjointement.

Elle enfila les gants nécessaires à l'inspection, mais pour le moment elle laissa ce travail aux autres. Elle s'avança dans le couloir, observa les lieux, respira le quotidien de Pietro.

Le vieil homme n'avait pas de parents encore en vie, un avocat commis d'office avait été nommé, et il était présent lors de la perquisition. Il suivit d'abord les pas du commissaire, mais c'était surtout pour la forme ; de temps à autre seulement il se remémorait la nécessité de manifester un certain intérêt pour ce qui se déroulait devant lui. Il se fatigua vite et se mit à passer de longs coups de téléphone relatifs à d'autres affaires.

L'intérieur était plus soigné que Teresa s'y serait attendue. Pas plus que la norme, mais ce n'était pas non plus l'antre crasseux et morbide d'un esprit ravagé.

C'est ce qui l'épouvanta.

Elle se rendit compte que Marini l'observait à quelques pas de distance. Elle l'appela près d'elle.

— Viens, établissons un profil.

— Celui de Pietro ? Il est mort.

— Tu ne sais pas que l'on fait aussi le profilage des morts ? Allez. Qu'est-ce que tu vois ?

Il se concentra, eut ce froncement de sourcils typique des moments où, elle l'avait compris désormais, il essayait de se défiler. Et avec elle, cela lui arrivait souvent.

— Rien d'intéressant sous l'angle psychologique, commissaire.

— Tu veux dire rien qui trahisse une noirceur manifeste ? Aucune trace du mal ?

— Je suppose que si.

Elle feuilleta les premières pages d'une revue spécialisée sur la pêche sportive.

— C'est le cas, en effet. Mais cela rend le tout encore plus horrible, parce que la maladie mentale constituerait une circonstance atténuante, alors qu'ici cette normalité signifie que Pietro était capable d'intentions et de volonté. De choisir consciemment de vendre un enfant.

Le salon était dans la pénombre. À peine entrés dans la maison, ils avaient ouvert tous les volets, mais il semblait que la lumière n'avait plus aucune envie d'entrer ici. Les meubles étaient en bois sombre, anciens. Les murs jamais repeints depuis plusieurs dizaines d'années, d'un beige maintenant passé, accueillaient les trophées de chasse du maître de maison. Des écureuils, un chat, plusieurs chevreuils, deux énormes sangliers avec leurs petits, trois chouettes effraies et un coq de bruyère. Elle les trouvait révoltants. Elle n'avait jamais compris comment on pouvait abriter dans sa maison des têtes d'animaux naturalisés, aux yeux écarquillés et vitreux, au pelage et au plumage ternes, qui dégageaient cette odeur horrible de l'empaillage, en lieu et place de la chaleur d'un petit cœur. C'était comme d'embrasser la mort et de lui ménager chaque jour une place dans sa vie. Les créatures sacrifiées paraissaient lui rendre son regard et quérir sa compassion. Elle se surprit à désirer qu'elles soient brûlées, afin de libérer la douleur du sang versé.

Marini ouvrit la fenêtre et laissa entrer le froid.

— J'ai besoin de respirer. Je retire ce que j'ai dit précédemment. Cet endroit me met mal à l'aise.

Elle inspecta les journaux posés sur la table basse.

— Il y aussi de la correspondance.

Des factures, quelques dépliants publicitaires contenant des bons de réduction vieux de plusieurs mois, une lettre d'avocat. Elle ouvrit l'enveloppe froissée et la parcourut rapidement.

— Pietro était suivi par les services sociaux. On lui avait affecté un administrateur de tutelle. En janvier, on lui aurait ouvert les portes d'une maison de retraite. Son domicile aurait été cédé à la commune pour couvrir les dépenses.

Marini vint se placer derrière elle.

— Cela date de deux semaines. Le vieux avait un paquet de raisons d'être furibond.

— Déraciné, désemparé. Sans voix. Ils l'ont annihilé.

— Vous croyez qu'il s'est jeté dans ce ravin ?

C'était une hypothèse qui l'avait effleurée. Elle referma la lettre, la glissa dans un sac de collecte des pièces à conviction et la remit à l'inspecteur.

— Nous ne le saurons jamais, Marini. Peut-être, oui. Tu te sentirais de le juger ?

— Moi ?

— Mmh, tu es trop jeune ne serait-ce que pour t'imaginer.

— M'imaginer quoi ?

— La perte de l'autonomie. La perte de la dignité. Les bidons qui sont là-dehors sont remplis de l'amour-propre d'un vieillard.

— Dans la chambre, il y a un arsenal de fusils, commissaire. (De Carli passa devant eux avec une liste en main.) Nous dressons l'inventaire. Presque tous les numéros matricules sont limés.

Elle acquiesça. Ils avaient déjà perquisitionné le cabanon, ils y avaient trouvé des pièges, des collets en fil de fer, des chaînes, un jeu de couteaux de chasse.

Parisi ressurgit dans l'escalier qui conduisait à la cave. Il avait des toiles d'araignées accrochées dans les cheveux et sur les épaules. Il tenait en main trois volumes poussiéreux.

— Nous avons trouvé les livres de comptes.

Il les posa sur la table de la cuisine, passa un mouchoir dessus. Une araignée s'enfuit à toute vitesse et se laissa retomber le long d'un des pieds en métal.

Teresa et Marini en ouvrirent un chacun, en parcoururent les pages. Pietro s'était servi de livres comptables en partie double. Ses entrées de journal précises et ordonnées étaient celles d'un véritable comptable, et elles dévoilaient les identités des individus qu'il tenait sous sa coupe.

Marini pointa le doigt.

— Dans la liste des débiteurs, il y a aussi le nom de l'homme suspecté de complicité que Magris nous a signalé : Francesco Callè.

Elle y jeta un œil. La dette, gonflée d'énormes intérêts, n'avait pas encore été soldée. Elle trouva ensuite la mention relative à Alessandro Leban, qui avait restitué un tiers de la somme reçue en prêt.

Les annotations couvraient une période longue de plus de trente ans.

— Au début, les sommes étaient modiques, remarqua Marini. (Il tourna aussi quelques pages dans le volume de Teresa.) Dans le vôtre, elles sont plus récentes et les chiffres plus conséquents.

Il s'était produit un événement dans l'intervalle. Elle suspectait quelque chose, tourna les pages en revenant en arrière.

— Si on additionne les sommes données en prêt à la même période, les fonds dont il disposait étaient considérables.

— Cela conduit à penser que le trafic de cigarettes ne suffisait pas à les justifier.

— Et la pension modeste qu'il percevait sûrement pas davantage.

— Et alors… ?

Elle lui répondit, et cela lui donnait la nausée.

— Tu le sais, mais tu n'as pas le courage de le dire, toi non plus. Combien rapporte la traite des êtres humains ? Combien peut valoir un enfant ?

Ils trouvèrent la réponse dans les notes relatives à 1995 et à 1996.

Marini appela le photographe forensique pour les premiers clichés.

— Ce salaud s'est enrichi en indiquant au passeur le parcours le plus sûr. À chaque voyage, cela faisait un beau paquet d'argent.

Elle attendit que le flash se soit déclenché à plusieurs reprises, puis elle tourna la page.

Elle respira à fond. Marini lut à voix haute la description qui accompagnait l'opération du 31 octobre 1995, mais s'arrêta au bout de quelques syllabes. Même pour lui, c'était déjà trop.

Vente d'un chevreau de lait.

Le montant n'était pas indiqué, mais à partir de ce moment les disponibilités financières de Pietro avaient augmenté.

Ils s'attardèrent longtemps sur ces livres de comptes, en parlant peu, juste le strict nécessaire. Face à la réalité d'un enfant livré au mal, ils avaient l'un et l'autre choisi la retenue.

Ils ne trouvèrent pas d'autres informations, aucun contact qui puisse relier Pietro à un trafiquant international d'êtres humains. Le vieil homme avait décidé d'emporter son secret dans la tombe, peut-être parce que c'était le seul qui ait le pouvoir de l'effrayer.

À la fin, ils glissèrent les livres de comptes dans les sacs pour pièces à conviction et les remirent à Parisi afin qu'ils soient consignés au dossier. Leur collègue choisit de ne rien dire non plus, bizarrement encombré par ces volumes qu'il tenait maladroitement dans ses bras. Ils pesaient lourd, et Dieu seul sait combien de souffrances ils contenaient. Une malédiction, peut-être, née du mépris de la vie humaine, et qui souillait chaque fibre de ces pages. Marini resta les mains sur la table, le visage bouleversé.

— Vous vous êtes fait quelle idée de tout ça ? Quelque chose m'échappe chez cet homme. Pourquoi Pietro est-il venu nous parler ? Pourquoi s'est-il à ce point rapproché du danger et pourquoi risquer d'être démasqué ? Il nous a mis sur la voie, pour le confondre.

Pour sa part, elle s'était fait une idée précise.

— Pourquoi ? Parce qu'il avait quatre-vingt-dix ans. Tu penses qu'il estimait avoir quelque chose à perdre ? qu'il avait peur de nous ? Nous n'étions jamais qu'une source de distraction dans une vie désormais trop routinière : quelqu'un l'avait privé de tout ce qui comptait à ses yeux, sa maison, la liberté. Les temps du risque et de la gloire étaient derrière lui, des temps sinistres l'attendaient. Les mots essentiels pour le comprendre, ce sont : solitude, ennui et deuil.

— Le deuil.

— Beaucoup de gens s'imaginent que le deuil est réservé à ceux que nous aimons, à quelqu'un d'extérieur à nous, j'entends. Mais nous nous aimons aussi nous-mêmes, ou du moins nous devrions. Construire sa vieillesse suppose de traverser le deuil, cela impose de se confronter à une quantité de disparitions, et en fin de compte avec la perte de la vie. Et l'une des premières étapes du deuil, c'est la colère. Beaucoup de gens, pleins de cette colère, désirent faire souffrir ceux qui survivent, et détruire des vies. Pense aux parents qui refusent de se réconcilier avec leurs enfants au seuil de la mort, ou réciproquement. Il se peut que Pietro se soit senti trahi par sa communauté. Il s'était senti repoussé, mis au rebut comme un objet caduc et cassé, à ceci près que lui, il connaissait un bon nombre des secrets gênants de cette communauté.

— Oui, je me l'imagine les maudissant tous depuis la tombe.

Elle retira les gants. Le latex se détendit d'un coup et ils se fripèrent en boule avec un claquement.

— Oh ! là, là ! Marini. Tu fais allusion à quelqu'un que tu connais ? Ton père, peut-être.

— Mais pas du tout.

— Il me semblait.

— Il vous semblait à vous seule.

Elle jeta les gants dans le sac dont ils s'étaient servi pour récupérer les déchets de l'inspection et relâcha la bride à l'inspecteur.

— Pietro était un homme impitoyable et rancunier, détenteur d'un horrible secret qui aurait été capable de réduire à néant la vie d'autres individus. Un secret grâce auquel il les tenait tous sous son emprise, et qui lui permettait de s'imaginer avoir encore un peu de pouvoir. Il sentait la mort proche et il a saisi cette occasion pour mettre en lumière la vérité de la manière la plus atroce qui soit pour les autres.

Magris les rejoignit.

— J'ai appris pour les livres de comptes.

Elle eut un geste en direction de la cour, où Parisi les chargeait dans la voiture.

— Tout est écrit là-dedans, mais les noms des trafiquants n'y figurent pas.

— J'ai tout de même une bonne nouvelle, mais deux très mauvaises. Je sais où trouver notre suspect.

— Et les deux très mauvaises ?

— Il a franchi la frontière et nous devrons nous dépêcher, si nous voulons le récupérer vivant.

— Le récupérer ?

38

Ainsi que le leur avait signalé l'informateur de Magris, Francesco Callè était pour le moment retenu à l'intérieur d'un night-club de Nova Gorica, en attendant de rencontrer le boss mafieux envers lequel il avait contracté une dette. L'établissement était fermé. Battaglia et Marini surveillaient l'endroit depuis un parking de l'autre côté de la rue, à une centaine de mètres de distance.

Dès leur arrivée, Marini s'était mis à tripatouiller la poignée de la portière.

— Callè n'ignore pas qu'il avait un contentieux avec ces gens. Il est cinglé d'avoir traversé la frontière.

Teresa ne trouvait pas cela surprenant. Ce n'était jamais qu'une question de temps. Elle avait vu des familles entières détruites par diverses formes de dépendance.

— La ludopathie embrouille le mental. L'appel du jeu est plus fort que toute autre pensée. Tu peux rester tranquille, je te prie ?

— Je n'y arrive pas.

Elle se demanda s'il avait déjà été confronté à une situation similaire, ou s'il lui incombait de procéder à son initiation.

La frontière coupait la ville en deux, la douane n'était désormais plus qu'un poste non gardé en retrait d'une rue très passante. Les enseignes au néon multicolores des casinos clignotaient, entre des parterres de fleurs impeccablement soignés et des bistrots. En Italie, à quelques minutes à pied d'ici, Magris attendait avec ses hommes et leurs armes de service, qu'ils leur avaient confiées tous les deux. Teresa s'était montrée catégorique dans sa volonté d'y aller désarmée. Callè était entre les mains d'individus habitués aux tractations et qui, comme elle, n'avaient aucun intérêt à déclencher une fusillade. Il était beaucoup plus simple de négocier avec la criminalité organisée qu'avec un tueur en série.

Marini n'avait rien voulu savoir et il avait refusé d'attendre avec les collègues, sans pour autant parvenir à garder ses doutes pour lui.

— Pourquoi Magris n'y va pas ? lui avait-il demandé, en veillant à ce que les autres ne l'entendent pas.

Il s'était souvenu du parcours professionnel du commissaire. Mais la réponse de Battaglia était une révélation la concernant elle.

— Parce que je suis qualifiée pour mener des négociations et je veux aller récupérer l'unique témoin qui nous reste.

Ils attendraient l'arrivée du boss pour entrer en scène. Elle voulait être certaine de parler avec celui qui détenait un pouvoir de vie et de mort sur Callè, sans risquer de tout faire capoter et de ne plus jamais revoir son témoin.

— C'est lui !

Marini venait de sursauter dans son siège.

— Lui qui ?

— Callè.

Marini reconnut leur suspect dès qu'il sortit de la boîte de nuit encadré de deux hommes qui le maintenaient par les bras. Les deux individus qui s'occupaient de lui étaient des colosses. À en juger par leurs vêtements et leur allure, c'étaient les gorilles d'un big boss. Des professionnels de la mafia. Ils attendirent sur l'esplanade en soutenant l'homme à l'air hébété, et l'un d'eux était en pleine conversation téléphonique.

Battaglia avait du mal à resituer Callè, mais l'inspecteur insista.

— C'est l'homme que Pietro avait maltraité, la première fois que nous l'avons rencontré.

Elle finit par se remémorer l'épisode du café du village. Pietro l'avait accusé devant tout le monde d'être un bon à rien, d'avoir perdu une fortune au jeu. Il harcelait sa proie en sachant fort bien qu'ils étaient de la police. Il voulait l'intimider, lui montrer qu'il aurait pu en faire à peu près n'importe quoi.

La conversation téléphonique était terminée. Deux véhicules, un SUV et un Hummer, vinrent se garer le long du trottoir, à quelques mètres de l'homme et de ses tortionnaires. Ils poussèrent Callè vers la chaussée.

Marini souleva la poignée et déverrouilla la portière, mais sans l'ouvrir.

— Ils ont changé de plans. Ils l'emmènent.

Elle lâcha un juron. Le perdre maintenant, c'était le perdre à jamais.

— On y va.

Ils sortirent de leur véhicule et s'approchèrent à pied.

Callè semblait désorienté, peu lucide, ou peut-être seulement terrorisé. Il plissait les yeux comme s'il avait du mal à voir les gens et les choses avec netteté.

Deux autres acolytes descendirent du SUV.

Ils lui assénèrent chacun une gifle, elles le firent tournoyer sur lui-même.

Teresa se mit à courir, en ignorant l'appel de Marini, mais elle avait l'impression de rester immobile, d'avoir deux blocs de ciment à la place des jambes.

Les gros bras firent monter Callè dans le Hummer, en lui flanquant un coup de poing dans les côtes au moindre signe de protestation.

Elle sortit son insigne et le brandit en l'air.

— Police italienne ! Nous voulons parler à cet homme.

Les types se retournèrent vers elle. Ils l'avaient vue et entendue, mais ils refermèrent aussitôt la portière et montèrent dans le SUV.

Le souffle court, tout le reste de son corps qui craquait, elle ne s'arrêta pas. Elle se rendait ridicule et, pire encore, elle allait tomber au sol à cause d'un corps qui n'était plus du tout à son service. Les deux véhicules étaient sur le point de s'insérer dans le trafic, que cette scène n'avait même pas ralenti.

Elle trébucha et s'effondra, à quelques mètres du but. Elle finit à plat ventre sur le trottoir. Marini était à côté d'elle, l'aida à se relever.

— Il est trop tard, commissaire.

— Pourquoi ne les as-tu pas arrêtés, bon sang ?

Elle connaissait la réponse et ça la mit en colère. Il était resté près d'elle parce qu'il l'avait vue en difficulté.

Elle attrapa un caillou dans le parterre de fleurs et le lança avec un cri de rage. La pierre décrivit un arc de cercle et s'abattit sur le flanc du SUV, y laissant une bosse.

— Merde.

— Merde, confirma-t-il.

39

Les feux stop rouges des deux véhicules s'allumèrent, puis s'éteignirent. Teresa et Massimo les regardèrent redémarrer, parcourir le rond-point et revenir s'arrêter devant eux. Les deux individus déjà entrevus tout à l'heure en descendirent et contrôlèrent les dégâts.

Marini retira sa montre et la laissa tomber dans sa poche.

— Merci, commissaire. Franchement.

— Ne compte pas te mettre à parlementer avec ces gars-là.

— Parlementer ? Vous les avez vus ? Ils vont me massacrer.

Elle exhiba de nouveau sa plaque.

— Nous sommes des policiers italiens et nous ne sommes pas armés. (Elle désigna le Hummer.) L'homme que vous avez emmené… nous le suivions. C'est un suspect. Vous devez le libérer.

Les deux autres ne répondirent rien, ils les fouillèrent avec des gestes efficaces et rapides. C'étaient vraiment des professionnels.

Marini foudroya Battaglia du regard, pendant qu'un des deux types le palpait entre les jambes.

— Il y aurait une possibilité pour que vous soyez de la police slovène ? Non ? Dommage.

Elle tenta de regarder à l'intérieur du Hummer, mais l'un des énergumènes l'en empêcha. Elle repoussa la main qu'il avait mise sur son bras.

— C'est un citoyen italien et il n'a manifestement aucune envie de venir avec vous.

— Il appartient à Dragan.

L'autre avait un accent slave chargé.

— Dragan, c'est votre chef ? Je veux lui parler.

Marini la prit par le coude.

— Vous vous êtes cogné la tête ?

Qu'est-ce qu'ils avaient tous à la tripoter ? Elle se dégagea aussi de son emprise.

— Ta présence n'est pas nécessaire. (Elle se tourna vers les deux autres.) Dites-lui qu'une policière italienne demande à lui parler, il me suffira de cinq minutes, et précisez-lui également que je lui en serai très reconnaissante.

Marini paraissait choqué.

— Reconnaissante ? Vous voulez passer un compromis avec la mafia, maintenant ?

Elle l'attrapa par le revers de sa veste, et tira dessus pour qu'il se baisse.

— Si cette voiture s'en va avec Callè à l'intérieur, j'ai le sentiment que nous ne le reverrons pas.

— Exactement ce qui nous arrivera si nous y allons avec eux. Et ce n'est pas une voiture, c'est un blindé anti-émeutes.

— Moi, j'y vais. Toi, tu restes.

— Si vous y allez, je ne peux pas rester.

L'un des deux hommes ouvrit la portière du SUV, alors que le Hummer avec Callè à son bord était déjà reparti.

— Si madame a terminé, Dragan dit qu'il veut bien vous recevoir. Tout de suite.

Elle n'hésita pas, et Marini céda, après un regard de travers.

— La dame, ce serait moi ?

Elle lui flanqua une bourrade.

Elle prit place alors que les roues s'étaient déjà remises en mouvement.

Elle pensait avoir la situation sous contrôle, tout en espérant ne pas se tromper.

Marini se pencha à son oreille.

— C'est bien réel ou je rêve ?

Elle continua de regarder droit devant elle.

— Je parie que tu cesseras de sous-estimer la province.

— Cette fois, ça va mal finir.

— Je te l'avais dit de ne pas venir.

L'homme assis dans le siège côté passager se retourna.

— Taisez-vous.

Marini se passa la main sur le visage.

— Ça va très mal finir.

— J'ai dit « Taisez-vous » ! Va falloir me remettre vos téléphones.

Ils s'exécutèrent. Elle ignora l'expression furibonde de l'inspecteur, qui la fixait des yeux.

— Tu veux bien regarder de l'autre côté ?

Derrière les vitres défilèrent les lumières éternelles des casinos, mais ils empruntèrent assez vite des rues bordées d'immeubles résidentiels et, plus loin encore, les boulevards rectilignes de la périphérie.

Marini se pencha vers l'avant.

— Nous avons changé d'idée. Nous descendons ici.

Les deux gardes du corps ne daignèrent pas lui accorder un coup d'œil. Son geste ne les alerta même pas. L'un des deux hommes lui recracha la fumée de son cigare au visage, sortit son portable, passa un appel, et s'exprima en slovène.

Marini regarda Teresa.

— Il est en train d'organiser la manière dont ils vont s'y prendre pour se débarrasser de nos cadavres. Vous préférez finir dans un bois ou au fond de la mer, commissaire ?

Elle le prit par un bras et le remit à sa place. Elle aurait eu envie de le baffer.

— Mets-la en sourdine.

Les véhicules pénétrèrent sur un petit terrain de football à l'air abandonné et s'arrêtèrent devant un bâtiment qui devait correspondre aux anciens vestiaires.

Ils les firent descendre.

— Et maintenant ? murmura Marini.

— C'est moi qui cause.

Un troisième véhicule franchit le portail du parking et glissa lentement devant eux avant de s'immobiliser. Les vitres de l'Audi R8 gris silex étaient opaques. Aucune portière ne s'ouvrit. Dragan, si tant est que ce soit lui qui se trouvait à l'intérieur, les jaugeait du regard avant de décider s'ils valaient la peine qu'on emploie les grands moyens.

Ses hommes de main les encerclèrent. L'un d'eux se mit à leur tourner autour. C'était le type au cigare. Il fit mine de l'éteindre sur le manteau de Marini, qui, plus rapide, le saisit par le poignet qu'il serra jusqu'à le contraindre à le jeter. Battaglia n'avait pas soupçonné chez lui une telle force et autant de détermination. L'inspecteur s'était lassé de jouer et prenait la situation au sérieux. C'était là une surprise fort intéressante, et qui ne le fut pas moins pour leurs hôtes. Ces derniers restèrent sans réaction, si ce n'est se tourner vers l'Audi R8 et en attendre un ordre. Le pouvoir de Dragan parvenait aussi à réduire ses hommes à l'immobilité, y compris devant des interlocuteurs qui, pour des individus comme eux, représentaient une insulte évidente. C'étaient des soldats, pas seulement des sous-fifres.

La portière s'ouvrit enfin.

Dragan était jeune, le cheveu rasé, et il était tatoué jusqu'au menton. Sous le blouson de motard, il ne portait qu'un T-shirt. C'était un beau garçon, aux traits durs et purs de l'Europe de l'Est. Un beau garçon voué au mal. Il la toisa avec un sourire non exempt de sarcasme.

— Comment tu t'appelles ?

— Teresa Battaglia. Et toi ?

Le sourire s'agrandit.

— Tu n'as pas l'air d'une policière. Tu ressembles à ma grand-mère.

Elle ne réagit pas.

Dragan l'observa de près, les mains dans les poches de son pantalon.

— Tu arrives à courir ? (Il désigna ses hommes.) Ils m'ont dit que non. Comment tu te débrouilles pour attraper les méchants ?

Ils rirent, se moquèrent d'elle.

— Je n'arrive pas à courir, mais je suis bonne au lancer de cailloux.

Ils regardèrent tous le flanc du SUV.

Dragan s'approcha d'elle, à l'effleurer. Il ne devait pas avoir plus de trente ans. Il alluma une cigarette.

— Tu as peur ?

Il lui posa la question sur un ton détaché, que Teresa crut avoir mal interprété.

— Je t'ai demandé si tu avais peur.

— De toi ? J'ai rencontré des types pires que toi.

— Des conneries de flic, ça.

— Tu oublies que c'est moi qui ai souhaité te rencontrer.

Il ferma à moitié les yeux, aspira une longue bouffée et fit bien attention à recracher la fumée loin de son visage.

— Et qu'est-ce qu'ils faisaient, ces types qui étaient pires que moi ?

Elle haussa les épaules.

— Un tas de choses que tu n'imagines même pas.

Dragan sourit, mais il redevint aussitôt sérieux. *Psychologie élémentaire*, songea-t-elle. Elle avait piqué son intérêt.

— Alors, quoi ? Drogue ? armes ?

— Tu veux rire. Non.

— Pire ?

— Oui, bien pire.

Il jeta sa cigarette. L'un de ses hommes fut prompt à lui tendre un sachet de bonbons. Teresa désigna le paquet.

— Tu m'en offres un ?

Il lui en tendit un. Elle le déballa sans se presser. Ses mains ne tremblaient pas. Elle le glissa dans sa bouche, mâcha.

— Si je ne te raconte rien, tu vas gamberger toute la nuit. Alors, bon, je te le dis. Le dernier, je l'ai arrêté il y a deux semaines. Tu en as sûrement entendu parler. Il arrachait les yeux, les oreilles et le nez à ses victimes, encore vivantes. Des hommes, des femmes… il ne faisait pas de différence.

— Et aussi la peau, lui rappela Marini.

— Exact, et aussi la peau. Je suis allée le chercher toute seule, de nuit. (Elle soutint son regard sans ciller.) Je te donne toujours l'impression d'être une grand-mère ?

Dragan cessa de tergiverser.

— Qu'est-ce que tu veux ?

— L'homme qui est dans l'autre voiture.

— Je peux te le rendre en morceaux, dans des sacs-poubelle.

— C'est un problème, parce que j'en ai besoin vivant.

Dragan désigna la route par laquelle ils étaient arrivés.

— Vous allez devoir rentrer à pied. Bonne promenade.

Il se retourna et fit signe à ses sbires de lever le camp. Battaglia haussa le ton.

— Joli, le T-shirt que tu as sur le dos. L'aigle rouge à deux têtes du drapeau albanais. Mais toi, tu n'es pas albanais.

Il s'était figé. Elle continua.

— Kosovar, peut-être, si tu considères ce drapeau comme étant le tien.

Le mafieux se retourna.

— Mon père est un Albanais kosovar.

— Et peut-être bien de confession islamique.

— Pourquoi, ça t'intéresse ?

Elle s'approcha de lui.

— Parce que alors, si tu connais l'enfer qu'étaient les Balkans, il se peut que tu réussisses à comprendre.

— Et même trop bien.

— L'homme que tu retiens dans cette voiture a participé au rapt d'un enfant de quatre ans, il y a vingt ans. Le petit était un réfugié de Bosnie-Herzégovine, enlevé sur la route en direction de l'Europe du Nord, et vendu à on ne sait qui. Je le recherche pour le ramener à sa mère.

Dragan désigna le Hummer.

— Lui, là, tu veux dire ?

— Lui.

— Tu te fous de ma gueule.

— Non. Toi, tu veux le tuer pour de l'argent. Mais ce n'est que de l'argent et de toute manière tu ne récupéreras jamais cette somme. Ici, c'est autre chose qui se trouve dans la balance…

Elle n'acheva pas sa phrase, lui offrant ainsi la latitude de la compléter. Ce qu'il allait décider dans les secondes suivantes dépendrait de ce qui lui restait de conscience.

— Qu'est-ce que tu me donnes en échange ?

— Rien. Je ne peux rien t'offrir.

— Je n'y gagne rien.

— Je ne dirais pas ça, mais c'est à toi de comprendre quoi.

Il rit aux éclats.

— Ah, la policière. Ma famille ne réussit pas à me convertir, et toi, tu penses y arriver ?

Dans l'intervalle de temps où Battaglia aurait dû placer sa réplique, un téléphone signala l'arrivée d'une notification aux accents sifflotés de *Pour une poignée de dollars*.

Sur le visage de Dragan, il y eut un haussement de sourcil.

— C'est le portable de qui ?

Elle se rendit à l'évidence.

— C'est le mien.

Le mafieux tendit une main, la paume vers le ciel. Le téléphone lui fut remis.

— C'est mon cellulaire de service, je t'avertis.

— Euh, tu veux dire que je commets un délit ?

Il se montrait presque sympathique.

— Tu as reçu une vidéo, commissaire.

Et il fit démarrer la lecture, en riant. On entendit une petite voix entonner « The Chain », accompagnée à la guitare acoustique. L'expression de Dragan changea et il rendit le portable à Battaglia. Peut-être était-ce un sentiment de gêne qui le fit se raviser.

— Ta petite-fille.

Elle en fut si surprise que sur le moment, elle hésita à reprendre le téléphone.

— Je n'ai pas de…

Elle relança la vidéo. Chiara chantait pour elle, cette même chanson dont Teresa s'était servie pour entrer dans le cercle de sa confiance. La petite fée des bois s'était transformée en un petit bout de femme sûre d'elle. Quel aplomb, quelle passion. Elle chantait un amour interdit et une chaîne que personne n'avait l'intention de briser. Elle était certaine que Chiara avait adapté le sens de ce texte à sa propre expérience d'enfant marginalisée. Lorsque Battaglia releva les yeux sur Dragan, elle n'eut pas honte de lui montrer son émotion.

— Tu sais ce que cela lui a coûté de me l'envoyer ?

— Qu'est-ce que j'en sais, moi ?

— Ce n'est pas ma petite-fille, c'est un témoin dans cette affaire. (Elle lui agita le téléphone au visage.) Cette fillette a eu un courage que tu ne peux même pas imaginer. Elle a affronté tout le monde pour sauver un enfant dont elle ne connaissait même pas l'existence.

— Des gamins, des gamins. Tu les sors TOUS de ton chapeau pour me convaincre ? Il y en a encore combien ?

— Beaucoup. Et ce sont des enfants vendus.

Ils se dévisagèrent un instant, les yeux dans les yeux, puis Dragan se dirigea vers le véhicule, ouvrit la portière et tira dehors Callè, en le traînant par les cheveux.

Il le redressa en position debout devant Teresa.

— Dis-lui ce que tu sais du gamin.

Callè les regarda chacun leur tour, l'air désorienté.

Dragan lui colla une gifle qui l'assomma presque.

Battaglia s'interposa, avec calme.

— Nous pouvons éviter la violence ?

— Tu veux qu'il parle ou pas ?

— Oui, mais la police emploie d'autres méthodes.

Dragan leva les mains en l'air et fit un pas en arrière. Elle se tourna vers Callè.

— La nuit du 31 octobre 1995, Pietro Arturo et toi, vous avez enlevé un enfant, un réfugié de la route des Balkans. Je veux savoir tout ce dont tu te souviens. Qu'est-ce qu'il est devenu ? À qui l'avez-vous vendu ?

Il nia avec force.

— Je ne sais pas, je ne sais pas, je le jure ! J'ai seulement falsifié les papiers.

— À qui l'avez-vous livré ? Combien de fois avez-vous fait ça ?

— Je n'y étais pas ! Et je n'avais encore jamais participé à ça, avant ! Pietro me faisait chanter à cause des sous que je lui devais, j'ai été obligé d'obéir à ce qu'il me demandait, il était capable de n'importe quoi, mais moi, cette nuit-là, j'y étais pas. C'est lui qui s'en est chargé.

Dragan fit un signe et son garde du corps cloua Callè au mur avec une violence impressionnante. Sa tête heurta le ciment, et Battaglia crut que les os du crâne s'étaient fracturés.

— Tu vas le tuer !

Elle écarta le garde du corps d'une bourrade et se pencha pour examiner la blessure. Callè était conscient, il pleurait et demandait qu'on le conduise en prison.

Dragan l'effleura de la pointe de sa chaussure. L'autre sursauta comme s'il venait de recevoir un coup de pied.

— Il ne sait vraiment rien.

Teresa ne parvenait pas à éprouver de la compassion à son égard.

— Je le crois aussi.

— Si tu veux, par contre, on peut s'en charger, mais sérieusement.

— *Non*. Merci.

— Et maintenant, tu fais quoi, la policière ?

Elle se releva.

— Je le retrouverai quand même, l'enfant qu'ils ont enlevé.

Ils possédaient un échantillon de son sang. Parri était sur le point d'obtenir un profil génétique complet. Teresa suivrait ce fil rouge jusqu'au bout du monde. Elle désigna Callè, encore à terre.

— Lui, je l'emmène. Son complice est mort, il y en a au moins un qui doit payer, en prison.

Dragan ne s'y opposa pas. Il imaginait peut-être le genre de rééducation que des codétenus infligeraient à un trafiquant d'enfants sous les verrous, et il jugeait cette solution équitable.

— Je vous fais reconduire à la frontière. On te le décharge en Italie.

Marini chargea Callè dans la voiture et aida Battaglia à remonter dedans.

Avant qu'elle referme la portière, Dragan lui posa une question.

— Le type qui découpait la figure des gens, qu'est-ce qu'il est devenu ? Il est en prison ?

— Non, il n'est pas en prison. Nous l'aidons. (Face à son regard interrogateur, elle se sentit l'obligation de s'expliquer.) Il avait ses raisons, même si cela peut sembler absurde.

Dragan eut un demi-sourire, l'air pensif. Il frappa sur le toit, un coup bref, et le chauffeur démarra. Le mafieux la laissait repartir, non sans lui lancer un avertissement.

— Je veux être informé, savoir si tu as rapporté l'enfant à cette femme, sinon je viens te trouver.

Il la salua néanmoins de sa main ouverte.

40

Battaglia avait couru chez Anbar par une aube rose, la veille de Noël. Au loin, les cimes enneigées s'offraient à la première clarté du jour, mais les étoiles n'avaient pas encore eu le temps de s'effacer. Les villages éclairés sur les collines et sur les versants semblaient être autant de crèches en attente de la Nativité.

Dans ce cadre très ancien et pourtant extraordinairement actuel, elle apportait la nouvelle d'un enfant retrouvé. Dénouement idéal, elle allait le remettre entre les bras de sa mère.

Elle se surprit à penser combien cela avait été facile, une fois la décision prise de ne pas fermer les yeux sur cette affaire.

Suljo était vivant. Grâce à la combinaison de son ADN extraite par Parri, on avait pu établir une correspondance exacte avec l'un des codes-barres dans la base de données anglaise des personnes retrouvées mais encore sans identité.

Cet enfant était maintenant un jeune homme qui organisait ce qu'il aurait cru être, encore peu de temps auparavant, son premier voyage en Italie.

Au cours de ces dernières années, Suljo était retourné plusieurs fois en Bosnie-Herzégovine à la recherche de ses origines, à la recherche de sa mère, sans s'imaginer qu'Anbar était restée exactement là où elle était, et qu'elle l'attendait à mi-parcours, effrayée à l'idée de faire un pas en avant ou en arrière, et de finir à jamais désorientée en se mêlant au reste du monde.

Teresa la revit accompagnée de Nikola, dans la maison duquel, pendant vingt ans, Anbar avait planté le drapeau de sa résistance, et où son cheminement interrompu avait enfin trouvé son aboutissement. Comme dans une fable, le bois allait se rouvrir et restituer le cœur qui lui avait été soustrait.

Elle lui montra la photo du jeune homme qu'était devenu son fils. Elle lui expliqua que ce fils s'appelait maintenant Henry, mais qu'il ne l'avait jamais oubliée.

Anbar caressa longuement l'image, en y semant de petits baisers, heureuse de voir combien il paraissait fort, et son regard bon.

Teresa n'avait pas de doute. Ce jeune homme portait dans ses iris la marque du soleil, comme sa mère, cet ambre qui les rendait resplendissants et dociles, en même temps que sauvages. Sur le front, à peine masquée par des cheveux noirs, la ligne plus claire d'une ancienne cicatrice dessinait comme une inflorescence.

Anbar lui demanda si son fils avait eu une bonne mère pendant toutes ces années et elle décida de le laisser faire le récit de la vie rocambolesque qu'il avait vécue, de la manière dont, à huit ans, il avait été sauvé de la prison où il était détenu et où il travaillait comme esclave, dans une grande métropole européenne, à deux pas des rues du quartier de la finance, un petit cœur désespéré que personne n'entendait battre. L'association de défense des droits humains qui, au début, l'avait pris en charge, avait réussi à remonter jusqu'à sa région d'origine grâce à son accent quand il parlait, mais il ne semblait exister ni dans les registres officiels ni dans ceux qui avaient disparu. La guerre avait effacé son identité et probablement exterminé sa famille tout entière. Au moins, l'organisation criminelle qui l'avait enlevé avait été démantelée, fût-ce avec plusieurs années de retard.

Teresa sécha les larmes d'Anbar.

— Il a eu une bonne mère, oui.

Nikola traduisit sans réussir à dissimuler son émotion.

— Elle dit qu'elle veut remercier cette femme.

Battaglia prit ses mains dans les siennes.

— Ton fils arrive pour te retrouver. Il vient te chercher.

Elle était certaine que même l'infirmité ou la maladie ne seraient pas plus fortes que ce moment : elle n'oublierait jamais le soupir avec lequel Anbar laissa échapper sa douleur, se libéra de toute peine, de toute chaîne.

La femme entoura le commissaire de son châle, la caressa, la tint serrée contre elle à l'intérieur de ce cercle chaud de fils invisibles composé des correspondances souterraines qu'elle lui avait fait découvrir.

Elles restèrent ainsi un long moment, front contre front, sans prononcer un mot.

41

Teresa et Andreas étaient presque arrivés à la fin du livre, au terme d'une histoire dans laquelle le père avait défendu l'enfant contre un monde et une inhumanité malades, et à la fin c'était l'enfant qui avait dû prendre soin du père, se préparer à l'adieu.

Teresa et Andreas traversèrent ensemble cette douleur sur la pointe des lettres, ils s'immergèrent dans le ventre chaud et sombre de l'amour pour un fils, ils les regardèrent souffrir et s'étreindre, se chercher et se regarder comme s'ils étaient (et ils l'étaient en effet) l'un pour l'autre la chose la plus précieuse qu'ils avaient au monde.

Tant de tendresse.

C'était une histoire qui avait débuté avec la main du père tâtant le mouvement de la poitrine de son fils. Elle se terminait avec le fils qui, la nuit, se réveillait et tendait l'oreille pour écouter son père respirer.

À maintes reprises, Teresa avait buté sur les mots, risquant de dévaler la pente des souvenirs qui la conduisait toujours à cet endroit, à cette cicatrice qui la divisait en deux dans l'alignement du nombril, tout comme elle avait divisé son existence en deux, ligne de partage des eaux de la vie et de la mort, de renaissance célébrée après le sacrifice et la perte, et qui dans des moments comme celui-ci se réveillait avec la brûlure d'un enfer enfoui.

Elle lut le dernier paragraphe, lut des abîmes profonds dans lesquels toute chose était plus ancienne que l'homme et vibrait de mystère. Et ces pages avaient été pour eux deux un mystère révélé. Elle connaissait l'histoire, elle l'avait lue tant de fois qu'elle ne la redoutait plus, mais cette nouvelle lecture lui apprit aussi quelque chose de neuf, en lui révélant la douce lumière de compassion à travers le père de Chiara, qui traversait la nuit avec sa fille pour parvenir à atteindre l'aube et qui, comme le père du roman, dans cette nuit, restait en alerte.

Elle referma le livre, en sachant qu'il avait laissé en eux deux un écho qui les accompagnerait longtemps.

— Demain, c'est Noël, Andreas. C'est un jour où les familles se réunissent. Ceux qui s'aiment se cherchent, pour être ensemble. Et moi, demain, je reviens. (Elle hésita.) Nous pourrons commencer une nouvelle histoire.

Il fixait le livre des yeux.

— Regarde-moi, Andreas.

Il la regarda. Elle sourit.

— L'enfant a trouvé quelqu'un qui prendra soin de lui. C'est la vie. Toi, tu en as fait autant, à ta manière, tu t'es soucié des autres. Tu as été le père d'enfants qui n'étaient pas à toi. Quelle magie, n'est-ce pas ? Et si tu me le permets, je resterai à côté de toi.

Quel enchantement que cette humanité souffrante, à laquelle ils appartenaient tous les deux. La beauté émouvante et sacrée de la faillibilité. Dans la cavité obscure de ces fissures, dans ces fragments d'infini que composaient les âmes fracassées, l'être humain resplendissait.

Elle lui effleura le front d'un doigt.

— Je donnerais n'importe quoi pour connaître tes pensées. Qui sait combien je dois te paraître excentrique, avec ces cheveux. (Elle les ébouriffa.) Un jour, je te raconterai l'histoire de leur couleur.

Quelle excentrique, et quelle empotée. Elle devait lui faire l'effet d'un animal bien mal en point. Et elle voulait lui tenir lieu de mère.

Elle remarqua derrière lui une tache de couleur qui lui avait échappé avant cet instant. Andreas devait s'être légèrement déplacé sur sa chaise.

Elle se leva.

Le nouveau dessin était très différent des précédents, mais le trait était bien le sien, sans équivoque.

Le renard était assis, sa queue touffue enroulée autour de son corps pelotonné, et il observait Teresa depuis la feuille de papier. Un poil aussi fauve que des flammes – comme ses cheveux à elle – et des yeux noisette, bistre, qui dénotaient une intelligence vive et une nature affirmée, mais aussi un profond malheur. Il semblait sourire.

Elle détacha le dessin.

Sur le poitrail de l'animal, Andreas avait dessiné le pendentif en labradorite.

Une larme s'écrasa sur la feuille et s'élargit.

— C'est moi. (Ce renard n'avait pas du tout l'air mal en point.) Un renard. Une renarde ! (Elle rit, de bon cœur.) Elle est splendide.

Et elle l'était en effet. Si belle et si semblable à celle qu'avait dessinée Chiara, sur le petit bout de papier qu'elle avait laissé voler de sa fenêtre jusqu'à Teresa. C'était elle, la renarde, sur ce dessin aussi ? Rouge et luisante, elle suivait les pas d'un enfant disparu, jusqu'à la résolution d'une énigme ?

Elle avait le cœur en émoi. Combien de coïncidences, combien de symétries incroyables. Elle se rappela le roman qu'elle avait vu en passant, dans la chambre de Chiara.

Elle se reprit, avant de se retourner.

— Il y a un livre dans lequel le renard représente l'amitié. (Elle s'assit, caressa le dessin.) Tu sais ce que c'est, l'amitié. Il y avait un enfant qui ne le savait pas, et alors un renard décida de se faire apprivoiser par lui, pour la lui enseigner. « Que veut dire "apprivoiser" ? » lui demanda l'enfant. Le renard répondit : « Cela veut dire créer des liens… Si tu m'apprivoises, nous aurons besoin l'un de l'autre. Tu seras pour moi unique au monde, et je serai pour toi unique au monde. » Demain je te raconterai l'histoire d'un renard et d'un Petit Prince.

Elle était à court de paroles.

Les yeux d'Andreas resplendissaient. Ils semblaient presque sourire. Ils souriaient.

42

C'ÉTAIT UNE VEILLE DE NOËL très spéciale. On attendait minuit pour fêter l'anniversaire de Chiara.

Pour une fois, Teresa avait dérogé à l'une de ses règles fondamentales et, avec la permission des parents de la fillette, avait accepté de donner une interview à la presse, avec Magris et leurs équipes respectives, en y faisant participer également Chiara. Glissant sur les détails de son implication dans la résolution de l'affaire, Battaglia et Magris veillèrent bien à souligner que, sans son aide et celle de ses parents, Anbar et Suljo n'auraient jamais pu être réunis. Chiara, les longs cheveux blonds et le visage souriant qui pointait sous son petit bonnet de la police, les mains aux ongles bleus serrées dans celles de sa maman et son papa, enchanta l'auditoire présent dans la salle aménagée pour l'occasion.

— Comment transformer un monstre craint de tous en un superhéros, commenta enfin un Marini content de lui.

C'est ce qu'il semblait, à en juger par la foule présente à la fête qui eut ensuite lieu à la maison des Leban. Battaglia avait pensé la même chose, mais elle en avait conclu que l'être humain requiert de l'indulgence.

— Nous ne vivons pas dans un monde idéal, Marini. Parfois, l'empathie a elle aussi besoin d'un petit encouragement.

La maison sur la colline scintillait. Cet après-midi, il avait neigé, les branches des arbres s'étaient muées en nuages de glace qui effleuraient la terre et qui, au crépuscule, s'étaient teintés de nuances violettes. Les illuminations étaient allumées, quelques grosses souches avaient été découpées en forme de croix et se consumaient lentement, en libérant de la chaleur et des étincelles qui montaient dans l'air jusqu'à leur extinction dans un parfum de résine.

Giulia avait préparé des tables dressées sous le sapin le plus imposant, les bancs était rembourrés de couvertures moelleuses. La nourriture était chaude et pleine d'arômes. Au centre de la cour crépitait un grand feu de joie.

Teresa et Marini étaient assis l'un à côté de l'autre. Ce matin-là, il avait proposé de l'accompagner.

— Je passe vous prendre, si cela vous fait plaisir.

Elle avait feint l'indifférence.

— Si tu veux. Tu as imprimé un exemplaire du communiqué pour Ambrosini ?

— Quel enthousiasme… Bien sûr que je l'ai imprimé.

Non, il ne l'avait pas du tout imprimé. Il le fit en cachette.

— Parfois, nous ressemblons à un vieux couple de raseurs, Marini.

— Que nous sommes, je le crains.

Il avait réussi à la faire rire. Et il était passé la prendre.

Alessandro Leban fit son apparition derrière eux et remplit traîtreusement leurs verres de vin chaud, en ignorant leurs protestations. Il posa la main sur l'épaule de Battaglia et l'amena à lui, dans une brève étreinte. Elle sentit la chaleur de ce geste réparer tout ce que leurs frictions avaient abîmé.

— Mangez, mangez, les pria-t-il, avant de se consacrer aux autres convives, mais pour le moment personne ne s'était privé.

Marini but une gorgée de vin chaud. Teresa le regarda, songeuse.

— Tu en as bu combien ?

— Qui va venir retirer sa licence à un policier, d'après vous ?

— Je fais comme si je n'avais rien entendu…

— Donc, selon vous, Chiara s'est seulement souvenue de ce que Pietro lui avait raconté un jour, entre deux jeux ?

Son haleine était parfumée de cannelle et de genièvre.

Elle étira ses jambes devant elle.

— Tu as lu le rapport, inspecteur.

— Je l'ai lu. (La réponse resta comme en suspens, seulement balayée par le rire sourd qui s'échappa soudain de lui.) Vous y croyez vraiment ?

Elle regarda Chiara. La fillette oscillait sur la balançoire, les cheveux flottant devant le visage, le tulle de la jupe comme un nuage, les ailes iridescentes. La moitié de son visage était maquillée de bleu et d'émeraude et brillait de reflets d'or. Quand Teresa lui avait demandé ce qu'était ce masque, elle lui avait répondu : « C'est un bébé dragon. » Et quel dragon, une créature mythique, capable de traverser le temps et l'espace le temps d'un rêve.

Chiara avait insisté pour enfiler tout de suite le cadeau de Battaglia : un vieux maillot signé par Stevie Nicks. Dès qu'elle l'avait déballé, elle avait été folle de joie, et l'avait serrée dans ses bras, l'avait embrassée comme si elle ne voulait plus la laisser partir. Cet instant avait été merveilleux.

Chiara se balançait, mais cette fois elle n'était pas seule, un enfant habillé en tenue de Batman la poussait avec énergie, tandis que d'autres enfants déguisés se couraient après autour d'eux, en riant. Les silhouettes des animaux disparaissaient presque dans le cercle de ces énergies enfantines : ils avaient perdu leur pouvoir totémique chargé de solitude. Ils n'étaient plus que des sculptures.

Chiara riait elle aussi, entourée de cette aura de lumière qui ne venait pas des décorations de Noël, ni des flammes des souches ardentes, mais d'un monde lointain, qui peut-être en elle se superposait à celui-ci. Élevée dans la nuit et par la Nuit, qui n'est pas seulement faite d'obscurité, mais aussi de constellations magnifiques. Chiara était le fragment lumineux d'un grand et magnifique mystère.

Teresa voûta les épaules, les mains cachées entre les genoux. Croyait-elle vraiment que les rêves de Chiara n'étaient rien d'autre que des souvenirs ?

— Non, je "n'y" crois pas, admit-elle. Et toi ?

Il sembla chercher les mots les plus adaptés.

— Il y a autre chose… d'indéfinissable, mais je crois qu'il ne nous sera pas donné de le savoir. Vous, en quoi croyez-vous ?

— Je ne suis pas assez éméchée pour rester sincère sur un tel sujet.

— Dommage. Cela m'aurait plu de connaître la réponse.

Sortie de la chaîne stéréo, la voix de Mina commença de chanter « Il cielo in una stanza ».

Marini se leva.

— Cela vous dirait de danser ?

— Avec toi ?

Il déboutonna son manteau et ouvrit les bras.

— Dans toute ma splendeur. Rien que pour vous.

— Marini, combien de verres tu as bus ? (Elle regarda la paire de derbies qu'il portait aux pieds, enfoncées dans la neige.) Tu vas geler.

— Mes pieds ? Je ne les sens plus depuis une heure.

D'autres couples se balançaient déjà au rythme de la musique. Alessandro et Giulia ne cessaient pas eux non plus de se chercher, les mains tendues l'un vers l'autre. Ils étaient si différents, maintenant que le spectre de la solitude s'était éloigné.

Marini lui prit la main.

— Courage, commissaire. C'est juste une danse, pas une reddition.

— Et tu me fais maintenant passer pour plus dure que je ne suis, grommela-t-elle, mais elle accepta l'invitation.

— Jamais pensé ça de vous.

— Conneries.

— Bon, au début, à la rigueur.

Elle mit un petit moment à décider de quel côté tourner le visage, et il se racla la gorge à deux ou trois reprises avant de recommencer à respirer. Du moins c'est ce qu'il lui sembla.

— C'est juste une danse, inspecteur, lui répéta-t-elle, moqueuse. Je ne vais pas te juger.

En fin de compte, Marini était un danseur passable, et quant à elle, Teresa n'avait plus dansé depuis quand ? Une vie entière.

— Alors, inspecteur, tu veux me dire ce que tu fabriques ici, le soir du réveillon de Noël, avec une vieille dame, au lieu de te rendre à une fête étincelante ?

Il sourit. Un sourire d'une très belle indolence.

— Premièrement, la dame en question n'est pas vieille, elle est âgée. Et non, je ne le lui dirai jamais.

— Tu sais, n'est-ce pas, que je découvrirai ton secret, tôt ou tard ?

Il la guida dans un lent renversé.

— Et moi le vôtre, commissaire.

Pour elle, le temps s'arrêta et ne se remit à s'écouler que lorsqu'il la releva, en fredonnant comme si de rien n'était.

Il commença à neiger. Ils continuèrent à danser le nez en l'air, la main de Teresa dans la sienne.

— Maintenant, tout est parfait, fit Massimo.

Elle soupira.

— C'est l'effet que fait Mina.

— Joyeux Noël, commissaire.

— À toi aussi, Marini.

Un mot de l'auteure

À la lumière de la nuit n'était au début qu'une idée, née d'une disparition très pénible, et de la nécessité de ne pas rester immobile. Reprendre les projets laissés en suspens et revenir à la normalité semblait impossible. C'est la seconde fois de ma vie que l'écriture vient à moi comme une renaissance, mais je sentais qu'elle ne devait pas l'être seulement pour moi, je voulais qu'elle soit au service de ceux qui sont ou qui seront contraints d'emprunter cette même voie – d'une extrême dureté : les droits relatifs à ce livre seront reversés au Centre de référence oncologique d'Aviano, en faveur de la recherche sur le sarcome d'Ewing.

Je remercie mon éditeur, toute l'équipe de Longanesi et les professionnels qui travaillent avec diligence, dans les coulisses, d'avoir compris mon besoin et d'avoir fait partie de cette *Lumière*, avec le dévouement et l'amour qu'ils réservent toujours aux histoires qui leur sont proposées.

Je remercie Ugo de Cresi de m'avoir raconté ses anecdotes sur le protée, qui se retrouvent dans ces pages. La nature constitue toujours un mystère envoûtant, qu'Ugo explore avec passion et dévoile avec générosité.

La citation sur les yeux ancestraux, que Teresa se remémore à un certain point, est issue du très beau roman de Mirko Zilahy, *Così crudele è la fine*.

Chère lectrice, cher lecteur, merci de tout cœur d'avoir bien voulu faire partie de cette aventure. Comme pour tout aspect de la vie, ce mot, « ensemble », est l'expression d'une force qui est capable de tout changer, capable de mettre en mouvement des énergies qui, sans cela, resteraient latentes. Profondément reconnaissante, je vous embrasse.

Pour toi, Sarah, qui n'as pas eu peur, qui t'es toujours occupée, jusqu'à la fin, des autres enfants, « ceux sans maman et sans papa », et qui a su nous montrer de quelle manière resplendit un fragment d'infini.

PARUS DANS
LA BÊTE NOIRE

NOÉMIE ADENIS
Le Loup des ardents (Grand Prix des Enquêteurs 2021)

KATERINA AUTET
La Chute de la maison Whyte (Grand Prix des Enquêteurs 2020. Prix littéraire de la Renaissance française 2020)

CÉDRIC BANNEL
Baad (Prix du Meilleur polar des lecteurs de *Points* 2017)
Kaboul Express
L'Espion français

JACQUES-OLIVIER BOSCO
Brutale
Coupable

RHYS BOWEN
Son Espionne royale
Tome 1, *Son Espionne royale mène l'enquête*
Tome 2, *Son Espionne royale et le mystère bavarois*
Tome 3, *Son Espionne royale et la partie de chasse*
Tome 4, *Son Espionne royale et la fiancée de Transylvanie*
Tome 5, *Son Espionne royale et le collier de la reine*
Tome 6, *Son Espionne royale et les douze crimes de Noël*
Tome 7, *Son Espionne royale et l'héritier australien*

FRANCK CALDERON, HERVÉ DE MORAS
Là où rien ne meurt

JULIA CHAPMAN
Les Détectives du Yorkshire
Tome 1, *Rendez-vous avec le crime*
Tome 2, *Rendez-vous avec le mal*
Tome 3, *Rendez-vous avec le mystère*
Tome 4, *Rendez-vous avec le poison*
Tome 5, *Rendez-vous avec le danger*
Tome 6, *Rendez-vous avec la ruse*

KAREN CLEVELAND
Toute la vérité

DANIEL COLE
Ragdoll
Tome 1, *Ragdoll* (Prix Griffe noire du polar de l'année 2017)
Tome 2, *L'Appât* (Prix Bête noire des libraires 2018)
Tome 3, *Les Loups*
Pietà

SANDRONE DAZIERI
Tu tueras le Père
Tu tueras l'Ange
Tu tueras le Roi

LARA DEARMAN
La Griffe du diable
L'Île au ciel noir

INGRID DESJOURS
Les Fauves
La Prunelle de ses yeux

CLAIRE FAVAN
Serre-moi fort (Prix Griffe noire du meilleur polar français 2016)
Dompteur d'anges
Inexorable

REBECCA FLEET
L'Échange
La Seconde Épouse

DOMINIQUE FORMA
Coups de vieux

AMY GENTRY
Les Filles des autres
De si bonnes amies

PATRICE GUIRAO
Le Bûcher de Moorea
Les Disparus de Pukatapu

L. S. HILTON
Maestra
Domina
Ultima

INGAR JOHNSRUD
Les Adeptes
Les Survivants

ELIZABETH KEY
Sept mensonges

MATHIEU LECERF
La Part du démon

SARA LÖVESTAM
Chacun sa vérité (Grand Prix de littérature policière 2017, domaine étranger. Prix Nouvelles voix du polar 2018, roman étranger)
Ça ne coûte rien de demander
Libre comme l'air
Là où se trouve le cœur

FABIO MITCHELLI
Une forêt obscure
Le Tueur au miroir
Le Loup dans la bergerie

NADINE MONFILS
Les folles enquêtes de Magritte et Georgette
Nom d'une pipe !
À Knokke-le-Zoute !

NICOLE NEUBAUER
Sous son toit

VINCENT ORTIS
Pour seul refuge (Grand Prix des Enquêteurs 2019)
Patiente

GIN PHILIPPS
Le Zoo (Prix Transfuge du meilleur polar étranger 2017)

ANTOINE RENAND
L'Empathie (Prix des lecteurs Gouttes de Sang d'Encre 2019. Prix Nouvelles voix du polar 2020, roman français)
Fermer les yeux
S'adapter ou mourir

FABRICE ROSE
Tel père, telle fille (Prix Bête noire des libraires 2020)

RYDAHL & KAZINSKI
La Mort d'une sirène

ROMAIN SLOCOMBE
La Trilogie des collabos
L'Affaire Léon Sadorski (Prix Libr'à Nous 2017, catégorie polar)
L'Étoile jaune de l'inspecteur Sadorski
Sadorski et l'Ange du péché
La Trilogie de la guerre civile
La Gestapo Sadorski
L'inspecteur Sadorski libère Paris

THIBAUT SOLANO
Les Noyés du Clain

ILARIA TUTI
Sur le toit de l'enfer (Prix Bête noire des libraires 2019. Prix Nouvelles voix du polar 2020, roman étranger)
La Nymphe endormie
À la lumière de la nuit

HARRIET TYCE
Blood Orange

ANNETTE WIENERS
Cœur de lapin

Ce livre existe grâce au travail de toute une équipe.

Communication : Caroline Babulle, Sandrine Perrier-Replein, Typhaine Maison, Adélaïde Yvert.

Coordination éditoriale et administrative : Céline Poiteaux, Martine Rivierre.

Studio : Pascaline Bressan, Barbara Cassouto-Lhenry, Joël Renaudat.

Fabrication : Muriel Le Ménez, Céline Ducournau, Bernadette Cristini, Sophia Paroussoglou, Phousa Chantharath, Isabelle Goulhot, Émilie Lapan (Canada).

Correction : Emmanuelle Coppeaux, Valérie Gautheron.

Commercial, relation libraires et marketing : Laetitia Beauvillain, Alexandra Profizi, Élise Iwasinta, Morgane Rissel, Aurélie Scart, Clément Vekeman.

Cessions de droits : Isabelle Votier, Benita Edzard, Lucile Besse, Sonia Guerreiro.

Gestion : Sophie Veisseyre, Chloé Hocquet, Isabelle Déxès, Camille Douin.

Service auteurs : Viviane Ouadenni, Jean-François Rechtman, Catherine Reimbold.

Ressources humaines : Mylène Bourreau.

Juridique : Laëtitia Doré, Anaïs Rebouh, Valérie Robe, Jean-Benoît Vassogne, Julia Crosnier.

Diffusion : Aurélia Spalacci (directrice des ventes), Nadine Eugénie, Céline Pitt, Arnaud Weill, Hervé Adamczyk, Annie Bourgade, Éric Charpentier, Gilles Couillard, Sandrine Ducrocq, Élisabeth Ehlinger, Guillaume Loras, Jean-Philippe Pilloux, Philippe Maulnier, Gilles Torché, Élisabeth Gastaldo, Jean-Pierre Stephany (Belgique), Olivier Béguin (Suisse), Jean Bouchard et Marie-Ève Provost (Canada), Emmanuelle Cadot, Virginie Godet et Caroline Pan.

Avec le soutien des équipes d'Interforum et d'Editis qui participent à la création, la diffusion et la distribution de ce livre.

Canoros
Vehit
Canentes

MIXTE
Papier
FSC FSC® C003309

L'éditeur de cet ouvrage s'engage dans une démarche
de certification FSC® qui contribue à la préservation
des forêts pour les générations futures.

Pour en savoir plus :
www.editis.com/engagement-rse/

La photocomposition de cet ouvrage
a été réalisée par
GRAPHIC HAINAUT
30, rue Pierre Mathieu
59410 Anzin

CET OUVRAGE
A ÉTÉ ACHEVÉ D'IMPRIMER
SUR ROTO-PAGE
PAR L'IMPRIMERIE FLOCH
À MAYENNE EN SEPTEMBRE 2021

N° d'édition : 62446/01 – N° d'impression : 99140
Imprimé en France